超鈍感モブにヒロインが攻略されて、乙女ゲームが始まりません

ho donkan mob ni
heroine ga koryaku sarete,
otome game ga hajimarimasen.

かずは Kazuha

illustration.
亜尾あぐ Agu Ao

TOブックス

もくじ contents

illust：亜尾あぐ
design：Catany design

プロローグ

高校二年生の春。

そのフレーズは如何《いか》にも青春とか、そう言う物を想像させる気がする。

だけど、俺はその如何にも遊び回っていたい時期だというのに、書類に向き合って修羅場っていた。

場所は俺が通っている学校の生徒会室。そう、俺、篠山正彦《しのやままさひこ》は所謂《いわゆる》生徒会執行部のメンバーというやつだ。役職は庶務で一番下っ端な役員である。

さて、生徒会というと色んな物語で権力持ってて、きらびやかなイメージで描かれている。

そんな物は大概フィクションで、実際は地味で真面目そうな人が集まるものだろう。

だけど、ウチの生徒会はまさしくフィクションのイメージをいっているのだ。

目を通し終わったファイルを閉じて、ため息混じりに近くの席で同じように書類と睨《にら》みあっていた幼なじみに声をかける。

「おーい、こっちの資料にも情報無し。やっぱり、あの申請おかしい気がするぞ」

その言葉を聞いて不機嫌そうに上げた顔は、小さい頃から見慣れた俺でもイケメンと思うほどに整っている。赤羽貴成《あかばたかなり》、俺の幼なじみでウチの生徒会長である。

実に正統派な美形で王子様みたいと言われまくっているコイツは、実際に金持ちが多いウチの学園でもトップクラスなほどの超金持ちである。因《ちな》みに文武両道、なんでも器用にこなすというハイスペックの持ち主だ。

「……そうか。じゃあ、次の部費決めの時には部費ダウン決定だな」

「おいおい、報告書の一回の不手際だけでそこまでやんの？」

「……提出期限遅れまくって、催促《さいそく》しに行っただけなのに、やれ今度一緒にお茶をしたいだの、デートしたいだの騒《さわ》ぎまくって、その上、ようやく出した書類がこの不備だらけだぞ。この部費決め会議前の忙しい時に。文句あるなら、あの女を今すぐ部長から下ろさせろ」

あー、そう言えばここの部長、そこそこ名家のお嬢様で、扱い面倒くさそうだからって貴成が行ってたな。……いつもみたいに俺が行くか、他のメンバー行かせりゃ良かった。

言いながら思い出したのか、眉間にクッキリと皺が寄り、不機嫌度マックスの顔になっている。

そう、コイツはイケメンでハイスペックな金持ちとモテまくるにも拘わらず、超の付く女嫌いなのだ。

不機嫌な貴成の機嫌をどうやって回復させようと悩んでいると、近くから明るい声がかかった。

「も～、赤っちピリピリしすぎだって！　それに可愛い女の子相手なら俺に任せてくれれば良かったのに～」

不機嫌なんて気にしないようなハイテンションでそう言って、拗《す》ねたようなフリをしてみせるコイツは黄原智之《きはらともゆき》、ウチの会計だ。

制服の中にはパーカーを着込み、頭は明るい茶髪、明らかにチャラチャラした格好だが、イケメンなだけありバッチリと着こなしている。態度や言動からして、如何にも女好きなチャラ男のように見える。

黄原のその言葉と態度に、貴成はチラッとそちらを見た後、書類に目を落とした。

うん、ガン無視である。

「あっれ～、赤っち、無視？　酷《ひど》くない？」

「そうだぞ、貴成。いくらコイツの拗ねたフリとかテンションがウザくても、返事くらいしてやんないと可哀想だろ」

「篠やん、フォローのフリして追い討ちかけるの止めない⁉　無視されたよりも可哀想だよ、俺！」

「いや、フォロー出来ない、ウザかったあれは」

「ちょっとふざけただけじゃん！」

まあ、実際は、元コミュ障のいじられキャラなのである。

「まあまあ、あんまりいじり過ぎないであげてくださいよ」

それを見て、くすくすと笑いながら会話に加わってきたのは白崎優斗《しろさきゆうと》、ウチの副会長である。

黒髪で色白、眼鏡を掛けた顔は理知的で無表情で黙っていれば冷たそうに見えるだろう。だけど、実際はいつも微笑みを絶やさず、物腰も丁寧な穏やかな性格である。古くからの名家の出らしく、家は和風なお屋敷だった。

「彼女は少々、選民意識が高い事で有名ですからね。名家の人以外には当たりがキツいので、他のメンバーに配慮した結果、赤羽が行ったのでしょう」

「あ～、ウチ、親父がデザイナーとして成功しただけの成金だもんね～」

「だけど、赤羽の様子を見るに大変だったみたいですね。僕が行ければ良かったのですけど、すみません」

「いや、お前が体調悪くて休んでた時のことだろ。それくらい、遠慮無く周りに任せろよ。貴成だって、いつかは女嫌い克服しなきゃ大変なんだから。未来の社長だぞ」

「うるさいぞ、正彦。……まあ、そういう事だから気にするな」

白崎は病弱で度々学校を休んでいる。それなのに、成績も落とさず、生徒会業務もこなすのだから、正直尊敬している。

「……えっと、俺こそ行けたら、良かったんです、けど……。すみません……」

そう言って、申し訳なさそうに俯《うつむ》いているのは青木流星《あおきりゅうせい》、ウチの書記で、生徒会唯一の一年生だ。貴成同様有名なグループの跡取り息子だ。小柄で女の子のような可愛らしい顔立ちに、気が弱いせいでいじめられ、無口になったそうだが、生徒会ではよく話してくれるようになった。実際、いつも気が利くし、空気も読めるので重宝している。

「いや、青木は一年生で上級生に強く言うの大変だろ。どう考えても、貴成が適任だったのに、思った以上にダメージだったみたいだよな」

「……本当に面倒くさかった。まあ、これだけで部費ダウンは他の部員が可哀想だな。キツメに勧告を出すでいいか。次は無い」

「うわ、それはそれで怖い」

そんな事を話していると、ガチャリとドアが開いた。

そちらを見ると、ファイルやら書類やらを抱えた三人が入って来ていた。

「あれ、紫田《しだ》先生に黒っちもいるじゃん。どうしたの？」

「桜宮が大荷物だったから、手伝ってたんだよ。あと、追加書類を渡しにな」

「うわ、マジですか」

「うん、マジだな。まあ、頑張れ。お前達と同じように、俺も仕事増えてるんだからな」

そう言って、書類をひらひらと振ってみせるのは、生徒会顧問兼特進クラス副担任である紫田先生だ。

色気があり過ぎるイケメンで、教師と言うよりホストが似合いそうな外見だが、実際は砕けた感じで話しやすい真面目で熱心な先生である。俺の事をよくこき使うが、しょっちゅう生徒会に差し入れをくれる。

「……んじゃ、渡し終わったし、帰るぞ」

そう言って、荷物を机に置くなり踵《きびす》を返そうとしているのは、黒瀬《くろせ》啓《けい》、俺達と同じ特進クラスのクラスメートだ。顔立ちはかなり整っているのに、明るい金髪に、適当に着崩した制服と、如何にもな不良といった外見である。

「いや、せっかく来たなら、手伝ってけよ。修羅場なんだよ」

そう言うと、嫌そうな顔をするが、頼めばやってくれるのは分かっている。なんだかんだで良いやつなのだ。それに優秀なのも知っている。だって、本当は俺じゃなくて、コイツが生徒会庶務になるはずだったんだから。

「そうだよ、一緒に手伝いしようよ、黒瀬君。皆大変そうなんだから！」

そう言って、黒瀬に声を掛けるのは、黒くて艶やかな髪をショートボブにした日の大きな美少女である。

彼女は桜宮桃《さくらみやもも》。このイケメン揃いの生徒会に手伝いにやってくる俺達のクラスメートで、この世界のヒ・ロ・イ・ンだ。


乙女ゲームというものを知っているだろうか。

所謂女性向けの恋愛ゲームで、プレイヤーはヒロインとして選択肢を選び、多種多様なイケメン攻略対象者との恋愛を楽しむ事が出来るのだ。

この世界は乙女ゲームの世界だ。

理屈とか何でとかはさっぱり分からないが、これは確実だと思っている。

そして、多種多様なイケメンで分かるかもしれないが、ウチの生徒会メンバーは各々が個性的な要素を持ったイケメンであり、攻略対象者なのである。

なぜそんな中に一般家庭で平凡な俺がいるのかなんてのは俺も知りたい。

一年生の時に色々とやったのが原因かもしれないが、こんな事になるなんて俺も思わなかったわ！

まあ、それは置いといて、現状の説明に戻ろう。

ヒロインと攻略対象者が揃っていて、手伝い希望者なんて山ほどいるウチの生徒会で頻繁《ひんぱん》に出入りが許されているのは桜宮だけという特別扱い。

明らかに乙女ゲームが始まっていそうだ。

まあ、だけど。

「あ、篠山君、ファイル持ってきたよ」

桜宮がにこっと笑って俺に声をかけてきた。

「お、ありがと、重かったのに悪いな」

「ううん、全然だよ。途中で黒瀬君と紫田先生も手伝ってくれたし。それと、終わった書類ある？」

「いっぱいあるぞ」

「あ、じゃあ、出してくるね」

「え、いや、いいぞ、動き回ってばっかじゃん」

「いいの！　私、手伝いなんだから」

「でも疲れるだろ、俺、庶務なんだし俺行くぞ」

「大丈夫だよ。そんなに言うなら、お礼としてあとで作ったお菓子味見してよ」

「別に良いけど、それお礼にならないぞ。お前、最近、お菓子作り上手になったし」

「本当？　なら、良かった！　じゃあ、いってくるね！」

そう言って頬を染めつつ嬉しそうに笑うと、終わった書類を持って駆けだしていってしまった。

乙女ゲームが始まって恋愛にかまけまくるとかもなく、桜宮は本当に真面目に手伝いをやってくれている。

まあ、良い所を見せたいんだろうなと、微笑ましく見守っている。

そう、桜宮は攻略対象者である生徒会メンバーの誰かに恋をしている。

そして、俺はそれを応援しているのだ。

だって、桜宮、普通に良い子なのである。

一年生の時は色々あったが、自分の悪い所は反省して直せるし、努力家で勉強が苦手だったのにも拘わらず特進クラスにも入っている。

攻略対象者達といるとスルーされがちな俺にもいつも親切だ。

それに、桜宮は女嫌いな貴成でさえ手伝いを許すほどに生徒会メンバー達からの好感度が高いのだ。

生徒会メンバー達も俺の友人で良いやつばっかだし、幸せになるなら応援したい。

まあ、目の前でいちゃつかれるのは正直ごめんだから、攻略対象者と二人きりになりそうとかだったら、そっとその場を立ち去るとかしか出来ないが。

俺は彼女いないんだよ、流石にそれは辛い。

にしても、攻略対象者達はイケメンばっかで、桜宮がいなくても彼女出来るだろうが、俺はなー。

全然出来る気配が無いんだよなー、良いんだけどね、別にー。

そんな事を考えて、ため息を吐いてたら、貴成から注意が飛んだ。

「正彦、手が止まってるぞ」

「あ、悪い」

「別に良いが、ため息吐いて何考えてんだ」

「いや、どうやったら彼女ができるのかなーとかね、つい」

そう言った瞬間、生徒会メンバー達やさっき来てから手伝いをやってた黒瀬、紫田先生が一斉に顔を上げた。

何故か一様に呆れた顔をしている。

「篠やん、マジで言ってる〜？」

「篠山なら、すぐに出来ると思いますよ、気付けば」

「……はい、……篠山先輩なら絶対、すぐ」

「だよな、気付けばすぐ出来るだろ」

そんな事を口々に言われるが、気付けばって何にだ。それにすぐってもしかして、アンタら基準で言ってません？

黙ってた黒瀬が盛大なため息をついて、口を開いた。

「それなら、周りを見てみろよ。桜宮とかどうなんだ？　仲良いだろ」

その言葉に目を瞬かせる。

いや、それは無いだろ。

「桜宮、好きなやついるだろ」

「……まあ、それは置いといて、お前的にどうなの？　付き合いたいとか」

「いや、ないぞ、普通に友達だ。もし、お前らの誰かと付き合ったりしたら全力で応援する！」

その時、ドアが開いた音がした。

見ると桜宮がそこに立っていた。どうやら書類を提出して、帰ってきたらしい。

中に入ればいいのに、なんであそこで固まっているんだろう。

「……正彦！　これ、持っててくれ」

貴成がいきなり書類を手渡してきた。

さっきからやってた書類だが出来たらしい。何枚か出来たら纏めてって言ってた分な気がするけど、さっきから桜宮に任せすぎてたし、頷いて書類を出しに出て行った。

＊＊＊

篠山君が横をすり抜けていったのを見届けた後、微妙な雰囲気の生徒会室に入ってソファに深く腰をかける。

深ーく俯いて、息をすった後、涙目になっているであろう顔を上げて叫んだ。

「なんで！　なんで、あんな話題振るの!?」

周りにいた人達が一斉に顔を逸《そ》らす。如何にも皆気まずげだ。

私はヒロインで周りは攻略対象者ばかりだ。全員とも仲が良くて逆ハーレムのような状況なのに、恋愛的な雰囲気になることは絶対に無いと確信出来る。

乙女ゲームのようなイベントが起きても双方スルーしそうだ。

だって、攻略対象者達は皆ライバルキャラと良い感じだ。それに。

「……言っとくけど、今の状況はお前の自業自得もあるからな」

「自分でも分かってます！　だけど、そっちのせいもあるじゃない！」

「だから、悪いなと思って、手伝いなんて許したんだろ！　絶対他の女子もやりたいとか言い出すからやらせたくなかったんだぞ」

赤羽君がなんとも言えない顔をしつつも言ったそれに反射で噛《か》み付くと、苦虫をかみつぶしたような顔でそう返された。

そう、それも分かってる。

でも、しょうがないじゃないか。

「ちょっとでも近くにいなきゃ、欠片《かけら》も意識してもらえないじゃない！　篠山君、すっごく鈍いんだから！」

私は篠山君の事が好きで、どうしても両思いになりたいのだ。

ああ、だから、こんなにも乙女ゲーム的な状況でも、乙女ゲームは始まらないのである。

ただいま悩んでいます

突然だが、俺、篠山正彦には前世の記憶がある。

……うん、分かるこんな事言い出すヤツってすっげえ痛い。だけど、これは拗《こじ》らせた中二病でもなければ、病院案件でもないと思う。

俺にある記憶は異世界で王子様やら勇者様やら魔王様やらとかやってたとかすごいものではなく、ただの日本の男子高校生だった。

普通に高校入って、友達と馬鹿やってた本当に普通の男子高校生。

ただ、ウチ貧乏だったから勉強はすごく頑張ってた。そのかいあって、国立大学に奨学金付きで無事に合格して、あとちょっとで高校卒業ってところで交通事故にあい人生終了。

そんな記憶が一生分、前の家族とか日常のちょっとしたことまで含めて、しっかりある。

まあ、それは置いといて、実はこの世界、乙女ゲームの世界らしい。

……うん、そうだな、前世云々合わせて、何言ってんの感が増したね！　しかも、最近流行ってるらしいね、ゲーム転生もののネット小説。

大丈夫、痛い妄想でも、小説に影響されて変なこと言ってる訳でもない。いや、男子高校生で乙女ゲームねって、生温い目で見るようなことは勘弁して欲しい。想像するだに、心が痛い。やってたのは、妹だ。

そもそも、前世を思い出した切っ掛けが、幼稚園の時に幼なじみのフルネームを初めて漢字で見たことだ。

その時から幼稚園でも目立って色々出来た近所の大きな家に住んでる男の子が名前を漢字で書けるって言ったから、漢字分かるの⁉ すげえ！ って、騒いで、書いてもらった。

そしたら、その〝赤羽貴成〟って文字に、あれ、なんかどっかで見たことあるなと思って、その瞬間、前世の記憶が一気に戻った。

まあ、情報量多すぎて、ぶっ倒れて、周りに迷惑かけたけどね。

その時、あれ、コイツ、ひょっとして妹の大好きだった乙女ゲームの攻略対象者？ ってなって、色々話を聞いたら、どうにもそれっぽくて、あまりのことに笑えたのは良い思い出……とは言いたくないな、うん。

でもまあ、関係無いと思ってたんだよな、普通に。だって、俺、普通の地味な一般人だし。幼なじみみたいな顔面偏差値もなんでも出来る万能チートも持ってない。

前世で頑張ったから、勉強は出来る方だし、今生は貧乏な訳じゃないから、憧れてた空手とかやらせてもらえないかなとか、その程度。

しかも、家が近いって言っても、幼なじみは超大富豪。俺の家は平均的な平凡家庭。そのうち、縁が切れちゃうこともあるだろうなとか思ってたんだけど。

はい、現状説明にいきましょう。今日は、高校の入学式。この辺で一番の進学校で、お金持ちがこぞって通うような中高一貫の超名門。……乙女ゲームの舞台の高校ですとも、ええ！

何でこんなことになったかと言うと、貴成は何でも出来る超天才だった。そして、家の教育方針で小中学校は、私立とかに行かせず、一般の感覚を学ばせるとのことだが。……はい、周りから超浮いてた。

まあね、公立の普通の学校に、国内でも有数の大グループの御曹司、何でも出来る万能天才で超イケメンがいたらね。女子はキャーキャー騒ぎまくるし、男子は引いたよね！

友達は全然出来ないのに、苦手な女子にはつきまとわれて、騒がれて、女嫌いが悪化して。

うん、ほっとける訳無いじゃんね。だって、幼なじみだし、結構良いやつだし。

勉強は流石に小中学校の内容は余裕だったから、勉強で競って、俺の友達との仲取り持って、一緒に遊んでとかしてたら楽しそうで良かったなとか思ってた。

そしたら、高校受験の時、珍しくしおらしい貴成から、私立の学校なんだが、学力も合ってるだろうし、一緒に行かないかと頼まれたのである。

一瞬、うえっと思ったんだけど、まあ、アイツの俺がいない時のぼっちの極めっぷりを思い出したら。……まあ、断れませんでした。過保護と言うなら笑え。良いんだよ、学校設備とか、勉強とか申し分ないから！　まあ、学費は元々通う予定のつもりだった公立高校を遙かに超えまくってたから、特待生の枠を勝ち取って、返金無用の奨学金貰ったけど。これが無ければ流石に断ってた。

そんで、話しを戻すけど、今日は入学式なんだけど、……はい、帰りてえ！

だって、よく考えてみてほしい。友達が可愛い女の子と少女漫画ばりのキラキラストーリー繰り広げるの…見たいか？

そもそも友人のいちゃつきをどう思うかの話なんだが、はい、俺はぶっちゃっけ見たくない！

だってさ、幼なじみなんだよ、なんか家族ぐるみで仲良くなっちゃって、めっちゃ仲良いんだよ。

ぶっちゃっけ、もう、半分身内枠なんだよ。そいつが、女子を妹のゲーム画面を時々覗いてはかゆくなったようなキラキラ気障な台詞で口説く。

……居ったたまれない！　想像するだに、キツい！

しかも、俺、彼女いないいんだよ！　前世から！　独り身にどういう拷問⁉

心狭いと言われるかもなんだけど、イケメンと美少女によるキラキラストーリーとかさ、巻き込まれたくない、どっか遠くで、いっそドラマみたいに画面の中でやって！

俺は高校生活は楽しく普通に過ごしたいんだよ！

という訳で、乙女ゲームには出来るだけ関わりたくない。とりあえず、ヒロインとかをなるべく避ければ巻き込まれは回避できるはずなんだけど、問題が一つ。

俺、ヒロインの名前とか全然覚えてない。だって、妹がやってたゲームだぞ。なんかこのキャラ見た事あるとか、名前と大体の設定とかは聞き覚えあるとかあっても、詳しく覚えている訳がない。

思い出したばっかりの幼稚園の頃ならともかく、もう高校生だしな。なんか、ぼんやりと妹が語ってたキャラのイメージとかは覚えてるけど、ストーリーとかもうさっぱり分かんない。

でも、確か、攻略対象者の名前に色が入ってたのは覚えてるんだ。幼なじみが赤で赤羽とかな。

妹がこのキャラのイメージカラーがとか言って、部屋の小物をいじってたの覚えてるし。

んで、ヒロインだ。なんだっけ。

なんか、色に関する感じだったんだけど、攻略対象者たちとは微妙に違っていたような。

さあ、うなれ俺の記憶力よ。

そして、俺にトラブル回避を授けたまえ！

「……さっきから何、百面相しながら考え事してんだ？」

「ん、ちょっと人間の記憶力の限界に挑戦している」

「……そうか」

幼なじみに心底呆れられた気配がするけどほうっておこう。

俺の奇行なんて今さら過ぎて慣れているだろう。

あ、ちなみに今は入学式も終わって、教室にいる。

なんか、幼なじみ以外にもキラキラしい顔したやつが二人ほどいる。

いかにもな感じのチャラ男に眼鏡かけて柔和な笑顔を浮かべてるやつ。

……攻略対象者の気がして仕方がないんだよ。

だから、せめてヒロインだけは思い出して回避を！

うん、うん、唸っていると先生が教室に入って来た。

……二人いるな？

「皆さん、入学おめでとう。担任の成瀬《なるせ》深隼《みはや》です。一年間よろしくお願いします。そして、こっちが……」

「副担任を務めさせていただきます。紫田洋介《ようすけ》です。一年間よろしくお願いします」

「紫田先生は今年大学出たばっかりで皆さんと年も近いから気軽に声をかけてあげてくださいね」

ああ、なるほど。副担任もいるのか。

担任の先生は壮年の優しそうな先生。穏やかな雰囲気に癒されます。

そして、副担任は……。うん、スーツをビシッと着て、真面目な格好なんだけど、顔というか雰囲気というか何というか。

ホストとかやってそうな感じですね。

こう、全体的な雰囲気的に。

女子が見てキャーキャー言ってる。

そして、紫田……。はい、攻略対象者だろうな。

名前に色が入ってる。

クラスメートを見てマジかと思ったけど、先生もか……。

こ、これはせめてヒロインだけでも回避しなければ……！

「じゃあ、まず自己紹介してもらいましょうか」

担任に促されて自己紹介が始まる。

名簿番号順なので貴成が一番最初に自己紹介して、女子に黄色い声を上げられていた。

……貴成、いやなのは分かったからその顔止めろ。怖いわ。

自己紹介を聞き流しながらヒロインのことを考える。

なんかピンクっぽかった気がする。

こう、桜とか桃とか。

「桜宮桃です。外部入学です。趣味は読書です。一年間よろしくお願いします」

耳に入って来た名前に思わず、

「それ！」

と声が出た。

桜宮さんが不思議そうにこちらを振り向く。

サラサラなストレートロングに大きな目。

可愛らしい美少女。

……うん、思い出した、妹の乙女ゲームのパッケージに載ってたヒロインそのままだね。

なんでもないとごまかしながらも軽く泣きたくなってきた。

ヒロイン同じクラスかい!!

ああ、前世の妹よ。

お前の話を聞き流しまくって悪かった。

兄は今、どうしたらいいのかわかんねーよ。

とりあえず
……クラス替えって今からできません？

謎に遭遇しました

軽く呆然としてたら自己紹介やその他もろもろが終わっていて、幼なじみに帰るぞ、と肩を叩かれた。

俺、自分の自己紹介何しゃべったか覚えてないんだけど。

……大丈夫だよな。

ちなみにチャラ男と眼鏡君の自己紹介だけは聞いていた。

というか、耳に入った。

チャラ男が黄原智之、眼鏡君が白崎優斗って言うんだってさ。

ばっちり、色が入ってる。攻略対象者ですね、コンチクショウ。

ほーい、と返事をして席を立ち幼なじみと教室を出ようとしたら。

「えっと、赤羽君と……篠山君？　だよね」

ヒロインに声をかけられた。

うわっ、と思って幼なじみを見ると。

……思いっきり顔をしかめていた。

うん、お前はそういう性格だ。

「さっきも言ったけど、私、桜宮桃。一年間よろしくね」

可愛らしくニコッと笑いながらいわれた。

さすがヒロインなスペックである。

「……よろしく」

幼なじみはものすごく面倒くさそうだ。

お前、女嫌いは分かるけど、もうちょっとまともな対応しろや。

「こちらこそよろしく。さっきは悪かったな」

挨拶《あいさつ》ついでにさっきのことを謝っておく。

人の自己紹介中に謎な言動って失礼だからな。

「あ、別にいいよ。ねえ、赤羽君って外部入学だよね」

軽くスルー。うん、なんか中学校の女子思い出す。

「……そうだけど」

「じゃあ、いっしょだね」

明らかに面倒くさそうな幼なじみにニコニコと話しかけ続ける。

さすがヒロイン鉄壁のハートだな。

にしても、どうやって切り抜けよう。

これ以上続くと幼なじみの機嫌が非常に悪くなりいっしょに帰る俺に被害がきそうだ。

いや、八つ当たりされるとかそういうんじゃなくただ顔が非常にこわいんだ。

さて、どうしようと考えていると、

「俺も外部だよー。よろしくね！」

チャラ男がヒロインに声をかけにきた。

ナイス！　今日限り、そのチャラチャラした態度に感謝しよう。

「あ、よろしくね」

ヒロインの意識がチャラ男に移った、その瞬間、

「じゃあ、帰るから。桜宮さん、また明日！」

一方的に挨拶を投げつけ幼なじみと共に教室を出る。

教室の窓から中を覗くとチャラ男と仲良さそうに談笑していた。

まあ、さすがヒロインってことなのか。

幼なじみとダラダラだべりながら帰り、自分の部屋に入って一息ついた。

これからのことを考えると非常に憂鬱である。

ため息をつきながら、とりあえず明日の準備をしようとして。

「うん？」

ファイルがなかった。あれには、明日の予定のプリントだけでなく、提出しなければいけない書類も入っていて、無いと非常にマズい。

おそらく、帰り際のあのパニック状態のせいでかばんに戻すのを忘れたんだろう。

うっかりしたな。

「取ってくるか」

行き帰りは幼なじみと歩いた道を自転車でかっ飛ばす。

家から学校までは歩いて二十分、自転車で十分と非常に近い。

そう、施設といい、学力レベルといい、乙女ゲームの学校ということを除けばかなり最高な条件なのだ。……何にも知らずに入学したかった。いや、その状態でいきなり目の前でいちゃいちゃが始まるのもキツいか。

学校に着いて教室に向かう。

ドアを開けようとしたら話声が聞こえた。

解散したのは十二時半頃で、今はもう六時である。

まだ、誰かいるのか？

不思議に思いながらもドアを開ける。

「おはよう！」

チャラ男が満面の笑みで誰もいない空間に挨拶していた。

ギギギと、音がでそうな感じでこちらを振り向く。

突っ込みたいところはいろいろあるが、とりあえず、何やってんの、お前。

チャラ男≠いけすかないと知りました

……気まずい。

忘れ物を取りに来たら、謎の行動をしている、チャラ男に遭遇してしまった。

俺が固まっているのと同様にチャラ男も固まっている。

……おし。

何も言わずに教室に入り忘れ物のファイルを取る。自然に、いつもどおりに、チャラ男を振り返って
「じゃあ!!」

教室の扉を閉めてダッシュで逃げ出そうとしたら。

「ごめん、スルー止めて、スルー止めて、スルー止めてーーー!!!!」

涙目で出てきたチャラ男に腕を掴まれて阻止された。チッ。

んで、教室でチャラ男と向かい合っている訳だが、沈黙が重い。

二人とも何も言い出せず、沈黙だけが続いている。

このままじゃ、帰るのがいつになるのかわからないので、仕方ない俺から声をかけるか。

「えっと、黄原だっけ。何やってんの、お前?」

「……挨拶の練習かな」

「いや、意味わかんねえんだけど」

本当に何がやりたいんだ。こいつは。

「何でそんなことしてるわけ？」

聞いたら、ものすごい小さな声でポツリと呟く。

聞こえねーよ。

「何て言った？」

「だから……」

「何？」

「男友達ほしいんだよ!!」

……は？

「だから、男友達ほしいんだって！　俺な、昔から男友達全然いたこと無いんだって！　いつも、女の子に囲まれてずるいとか言われて、遠巻きにされんの」

「女の子には囲まれてんじゃん」

「高校こそは体育でぼっちになんの避けたかったんだよ」

……あ、うん、なんかごめん。

「女の子は可愛いし、近づいてくれるのは嬉しいんだけど、周りの目線が痛いんだよ。邪険にすると、泣かれるし。優しくすると、男子に敵視されるんだって」

なんだろう、すごく贅沢な悩みなはずなのに、同情しか湧いてこないのは。

貴成と少し似た状況ってのもあるのかな。アイツと違って女子が苦手とかはないみたいだけど。

「だから、高校こそはと思ってイメチェンもして、男友達作りたかったのに早々に引かれてさ」

……ひょっとして、それでさっきの謎の行動につながってんのか。

というか、

「高校デビューかいっ！　お前!!」

「悪いか！」

男友達欲しいで、なんでそんなチャラチャラ、女子にもてそうなファッションなんだよ！

「というか、行動残念なんだよ、お前。なんで学校で残ってあんなことやってんの？」

「家でやって、姉ちゃんに見つかった時の気まずさに比べたら……」

「……ドンマイ」

なんだろう、チャラ男、いや黄原と呼んでやろう、のイメージが入学一日目にして崩れたぞ。なんだ、このイケメンなのに全身に漂う残念感は。

「さっきも、篠山たちに話しかけようとしたら、即行帰るし」

あ、あれはヒロインじゃなく俺らに話しかけたかったのか。

わかりづらっ。

「お前、しゃべったら普通に面白いしさ、普通に話しかければいいと思うぞ」

「でもさぁ……」

「面白いよ、お前。まあ、とりあえず、携帯だして」

訝《いぶか》しげな顔してだしたスマホを借り、パパッとメールアドレスとかを登録する。俺はガラケーだが、貴成のものをいじらせてもらっているため、操作方法はわかる。

「ほい、男友達一号ってことで」

スマホを返すと、しばし固まっていたが、徐々に顔を明るくさせて叫んだ。

「サンキュー！　篠やん！」

そう言って抱きついてくるのと、唐突な篠やん呼びに思わずいらっときて手が出た俺は悪くないはずだ。

……男に抱きつかれる趣味はないんだよ。

ファンクラブに驚きました

残念なイケメンである黄原の素を知り、友達となった翌日であるのだが。

「赤羽様ーー！」

校門のあたりに貴成目当ての女子が集まっております。

そのせいで貴成の機嫌が非常に悪い。

妹の話で貴成にファンクラブができるのは覚えていたけど……。

できんの早すぎじゃね⁉

上を見ると鮮やかな青空。春のうららかな陽気にふさわしくモンシロチョウが飛んでいる。

隣を見ると、我が幼なじみの超絶不機嫌な顔。

オーラが黒い、止めてくれ。

して、この状況を打開するには……。

「貴成、ごめん。忘れ物したわ。取り行くの付き合って」

門の前でくるりと方向転換する。

貴成はホッとしたように付いてくるが、女子の視線が非常に痛い。

うん、邪魔だねー。知ってるよ、チクショウ。

中学の時から、貴成ファンの女子にあんた邪魔とか言われてたしな。まあ、それにはイラッとしたけど、貴成が俺より先に俺以上にキレるから、なだめる方に回ってしまう。

そういうところ、可愛げがあるんだよな、貴成は。

貴成のファンから見えないところまで行ったら大きく迂回して裏門へ向かう。

「……貴成、あのさ、女嫌いなのは知ってるけど、態度露骨過ぎっぞ」

裏門に着いたあたりで話を持ち出すと、貴成が嫌そうな顔をした。

「学校に来るだけでわざわざ変なことしてくるのが意味わからん。しかも、あいつら正彦を馬鹿にしてるし」

あー、なるほど。

「……まあ、怒ってくれるのは嬉しいけどさ、俺別に気にしてないからさ。それよりも、せめて普通に正門から通えるようになって。もう、嫌なんだったら無視してもいいから。あのままだったら、お前学校の中に入れなかっただろ」

そういうと、図星を指されたようでそっぽを向いた。

「返事は？」

「……善処する」

何というか、昔から手間のかかる幼なじみである。

まあ、小学校の時から、つきまとわれたり、物とられたりしてたの見てきたから無理もないかと思ってしまうところが甘いのか。モテることへの羨ましさが一瞬で消えるレベルに酷かったしな。

教室に着くと、「赤羽君、おはようございます」とヒロインに声をかけられた。

一人くらいだったら、頑張れるだろ。放置して用意をしに行く。

幼なじみが、助けを求めるような視線を送ってきたので「がんばれ」とクチパクで言いそのまま準備を続ける。

「篠やん、おはよう！」

「おう、黄原か。はよ」

黄原に声をかけられた。

朝、きっちり髪とかをセットしたチャラ男スタイルな見た目を見るとますます昨日の残念さが際立つな。と言うか、この決めまくった感じより、あの残念さを押し出した方が良い気がする。

「あれ、今日は助けに行かないの?」

「教育的指導。俺に頼ってばっかじゃいけません。切れそうになったり、大勢になったら助けに行くぞ」

「保護者?」

「うっせ」

「でも、そうか。あの子のことは認めてるのかと思ったよ」

「んー、まあ、それは置いといて昨日の練習の成果を披露《ひろう》しなくてもいいのか」

「それを言うなって! いってきます」

黄原が男子に声をかけにいって、おはようと返されるが、会話につまり、結局女子としか話していない。

おい。そういうところだぞ、お前。

それにしても。

「ヒロインねえ」

昨日は黄原のことですっかり紛れていたが、どうなんだろうな。あの子。

俺が転生者ってことはヒロインも転生者の可能性ありなのか。もし、俺と違って、ストーリーもちゃんと覚えてて、私はヒロインなんだから皆を攻略してやる! とか言われたら、マジ勘弁って感じなんだけど。

そう思ってチラリと見るとどうにか切り抜けたらしい貴成と、少し不満げにしながらも用意をしているヒロインが見える。

ぶっちゃけ言って、他の女子と反応変わんないからな、あれ。普通にミーハーで、イケメンに声かけてる感じだ。

まあ、転生者かどうかは置いといて。

「放置でいいか」

誰かと付き合いたくてアピールするとか普通だしな。さすがに逆ハーとかやりだしたら妨害させてもらうが、その他は別にどうでもいい。俺の前でいちゃつかなければな。

貴成はトレーニングになるだろ。

切れそうになったりしたら助けに入るが、いい加減女子と普通に話せるようになれ。

貴成の軽く恨みがましい視線に手を振って答える。

よくある乙女ゲーム転生物みたいにモブがヒロインの応援ってのは俺では有り得ないんだろうな。


ちょっと進んだか？


「さて、会議を始めたいと思います」

「ちょっと待て」

黄原に放課後話があるから一人で残ってくださいと懇願《こんがん》され、仕方なく残ったらいきなりのイミフ発言だった。

「話ってなんだ？　会議ってなんだ？　最初からよーく落ち着いて説明しよう」

「それはもちろん、俺が男友達をつくるにはどうしたらいいかの話で会議に決まってるじゃないか！」

「……帰っていい？」

どや顔と謎のピースサイン付きで勢いよく言われ、帰り仕度をしだした俺は悪くないだろう。

前から思ってたが、言動が絶妙にウザくて残念だ。

すぐさま、すみません、調子に乗りました、と謝られたので、一応は止めたが。

「というか、その話題だったら、貴成いても良かったんじゃないか。貴成に紹介ぐらいしたぞ」

「ふっ、篠やん。俺がほぼ初対面に近い男子と普通に会話ができるとでも？」

こいつ、本当に残念なんだが。一応、乙女ゲームの攻略対象者なんだよな。

前世の妹よ、これのどこがかっこよかったのか俺に教えてくれないか。

「入学してからもう二週間もたってんじゃん……」

俺もある程度周りと話すようになったが、金持ち校ということで俺が想像してたようなやな奴は居らず、気のいい奴らばかりだった。

そして、何より落ち着くよな。モブ仲間！　貴成と一緒にいると、俺の存在感が薄くなっていくような気がする。……あいつ、本当に目立つし、存在感あるんだよ。

「二週間たっても何も変わってないから、相談してるんだろ～」

「というか、なんで女子とはしゃべれんの？」

女子とは仲良く談笑している姿をよく見る。

というか、それしか見てない。ぶっちゃけ、羨ましい。

こいつの本性を知らなかったらまんまチャラ男である。

「女の子は、何を言ったら喜んでくれるとか、わかるから。男子は、今までに付き合いが無さ過ぎて、何しゃべったらいいのかわからないんだよねー」

ああ、なるほど。それで女子としかほぼしゃべらなくなって、男子に遠巻きにされると。

「話題なんて、面白かったテレビ番組とか、好きなスポーツチームとか、そんなんでいいから、まず話しかけてみろ。お前は、話せば必ずボロが出て印象が変わる」

「ボロって何？　ボロって」

「いや、お前の性格の残念さと言ったら、モテることに対する嫉妬《しっと》を上回って脱力するレベルだ。自信を持て。大丈夫。お前は変だ！」

「それ、誉めてないよね⁉」

うん、いい反応である。

というか、実際しゃべれば結構おもしろいやつだから友達できると思うんだよな。

いじりやすいし。

問題はこいつのへたれ具合であったりする。

なぜ、女子に話しかけるよりも男子に話しかけるほうが、勇気がいるのかはまったくわからんが。

まあ、頑張れと肩を叩きぐちゃぐちゃ言ってる黄原を放って家に帰った。

んで、翌日なのだが。

「おはよう！」

「……おはよう？」

黄原が適当な男子を捕まえて話しかけているが、あまりの勢いに軽く引かれていないか。あれ。

「……」

「黄原君、あのさ、何かあるの？」

「あ、うん、えーとな。うん、ちょっと待って」

しかも挨拶をして早々に詰まっている。

……ヤバい。どうしよう。

ぶっちゃけ言って見てられないのだが。

残念過ぎるぞ、あいつ。

かと言って、俺が口出し過ぎんのもな。

どうしようかねー、と考えていると。

「おはようございます、黄原君」

おおう、ヒロインが声をかけてきた。

ニコッと笑いながらの挨拶は非常に可愛らしく、見ていて眼福な感じではあるのだが。

……黄原がキャパオーバーを起こしている。

うん、女子にそつがない対応をしながら、男子と交遊を深めるなんて、芸当できるわけ無いよな。

だから、友達いないんだもんな。

……駄目だ、他人事ながら気の毒になってきた。

しょうがないので、助け船を出すことにしよう。

「桜宮、黄原、山口、おはよう」

声をかけた瞬間、桜宮は少しだけ驚いた感じで振り向き、黄原は救いを見るような輝いた目でこちらを見つめ、山口はホッとしたように息をついた。

実に、対照的な反応である。

まあ、山口はさっきからあまり仲良くないチャラ男である黄原に話しかけられ、困惑しまくっていたので気持ちはわかるが。

「桜宮、数学の予習やった？」

「え、数学？」

「名簿的に今日あたるの俺らだから、確認で答え合わせしたいんだけど」

「……ご、ごめん！　ちょっと、用事が！」

すぐさま、席に戻って教科書の問題を必死に解き始めた。

桜宮はあまり、勉強が得意ではないらしく、よく授業中当てられては、答えられなくて涙目になっている。

席が名簿順で近いため、ときどき見かねて答えを教えてやったりすることもある。

なので、今桜宮を追い返すには効果てきめんだったらしい。

それと、確か最近喋った時に、好きだって言ってたのは……サッカーだっけか。黄原も好きだって言ってたよな。

「山口、昨日のサッカー見た？」

「あ、見た。すごかったよな、あれ！」

「ブラジル今年、いいんだっけ。黄原、ブラジルのサッカーチームファンだよな」

「あ、うん」

「マジ⁉　どこ好き？」

「えっと……」

会話が乗り始めた時点でそれとなく席に戻る。

それにしても。

「俺は何をやってんのかね」

思わず小声で呟いた。

なんだか、幼なじみといい、黄原といい、思わず手を出してしまい巻き込まれてる感が半端ない。

俺の目標は楽しく普通な高校生活のはずなのだが、なんだか皆の保護者ポジとして面倒を見ていく結末が見えてしまい、遠い目をしてしまう。

ふと、前の席に目をやると桜宮がまだ問題に悩んでいた。

数学は一限なので、そろそろ解けていないとまずい。

「……桜宮、これはこの公式にあてはめた方が良い」

「あ、本当だ」

「んで、こっちの公式使ってここを直すから、答えはこうなる」

「あ、ありがとう」

……まあ、今の状況は多分というか絶対この困ってるやつをほっとけない性分からきているのだろう。我ながら損な性分である。

ため息つきながら席に戻る。

「モブのクセに頭いいなんてズルい……」

桜宮が小さく何か呟いたのが聞こえたが、よく聞こえなかった。

「桜宮、何か言った?」

「え、あ、ごめんね。なんでもないよ、独り言。教えてくれて、ありがとうね」

そう言われたので、特に追及することもなく授業の準備に戻るが、……なんだろう、前途多難な気がしてならない。

胃薬が欲しいです

入学してから、一カ月経った。

そして、ようやく、黄原の男友達が増えてきた。

やっぱりしゃべるようになると、残念感がにじみ出たらしい。

よく、うちのクラスの男子から残念なものを見る目で見られている。

うん、気持ちはすっげえわかる。モテることに対する嫉妬を上回って、残念感が先に立つよな。

女子よ、なぜいまだにあれをカッコいいとしているんだ。

まあ、黄原のある意味微笑ましい成長は置いといてだ。

……貴成の機嫌が最近、チョー悪い。

原因はこれだろうなと近づいてきた人物を見る。

「おはようございます。赤羽君」

ヒロインがニコッと笑いながら話しかける。

その瞬間、不機嫌そうに顔をしかめる幼なじみ。

そう、原因はヒロインだったりする。

入学早々にファンクラブができて以来、幼なじみは女子を無視しまくり、謎の威圧感を与えまくった。

未来の社長さん、それダメじゃね、社交性持てよとかいう感想は置いといてだ。

なのに、ヒロインはずっと変わらず話しかけ続けた。

もういい加減に周りの女子が、学習して話しかけるのを止めたのにだ。

幼なじみも最初のうちはまだ対応が普通だったのにある時から、態度が一気に悪化した。どうやらヒロインは何か地雷を踏んだらしい。幼なじみに訊ねても、答えなかったから何言ったのかは知らないが。

まあ、ヒロインが貴成に嫌われようがどうでもいいのだが。

……貴成の不機嫌顔が超怖いのである。

美形がイラつくと迫力倍って本当だな、幼稚園の頃からの付き合いの俺でも思わず後ずさる。

そして、周りもガチで怯《おび》えている中、にこやかに話しかけ続けるヒロインはある意味さすがである。見習いたくはまったくないが。

そして、あまりの怖さに周りもガチで怯えているし、ぶっちゃけ言って俺も怖いので適度なところで助け船を出している。

そして、貴成にも一応ながら注意をする。

ヒロインとの関係とかはどうでもいいが、周りと俺の心の平穏のため、そして、貴成のトレーニングも少々である。

余計なお世話かもしれないが、将来社長としてやっていくのに、今の状況だといろいろと無理だろうしな。もうちょっとそつがない対応出来るようにならないと。

今日も今日とて、貴成の不機嫌オーラ全開とあからさまな無視を、まったく気にせず話しかけ続けている。

ヒロインの心臓は、剛毛が生えているとみて間違い無いな……。

今日の話題は、調理実習か。

一応、前世両親共働きだったから、簡単な料理なら出来るが、出来れば食べるの専門になりたい俺としては、面倒な限りである。まあ、次の授業もあるし、そろそろ助け船出しに行こうかな。


さて、調理実習の時間である。

うちの調理実習は先生の方針的に少し変わっていて、多めに作って皆で食べ合う方式である。

なんでも、皆で食べ合うことによって作ることにやる気が出るし、楽しいだろうということだ。

食べ合うことが前提のため、作る選択も毎回複数ある。

そのため、苦手な人は簡単な料理を選び、楽に済ませるのだが。

ヒロインの目の前には真っ黒に焦げたアップルパイがある。

簡単なマドレーヌも選択にあったのに、なぜ今回の最高難度のメニューを選び、あそこまで失敗するのか。

朝、貴成に食べて欲しいとか言ってたけど、あれは食べれるものなのか。

様々な疑問が浮かぶ代物だな、あれは。

「……ひどいな」

貴成が呆れたように呟いている。

周りの人たちも苦笑ぎみで決してあれに手を伸ばしたりしない。

まあ、そうだろうな。

ちなみに、調理実習ではお残しは決して許されておらず、作ったものは例えどんなに失敗していても食べきらなきゃいけない。

だから、あれも食べきらなきゃいけないのだが。

結構、量多めだし、大丈夫か、あれ。

ヒロインは既に涙目で黙々と一人でアップルパイを口に運んでいる。

全然、減っていないがな。

思わず、ため息をついた。苦笑を浮かべ立ち上がる。

「桜宮、そのパイ俺にも少しちょーだい」

ヒロインが声をかけられて、びっくりしたように顔を上げた。

うん、まあ、見ていられなかったのである。

おせっかいであることは重々承知している。

でも、出来はどうであれ、作ってる最中も一生懸命に作っていたのは知ってるしな。

なるべく、大きめに切り取って皿に載せる。

残りは殆《ほとん》ど無いから、ヒロイン一人で食べきれるだろう。

とりあえず、一口食べて。

「まずっ！」

なぜか、アップルパイにあるまじき味がするのだがこれ。

「なんで、アップルパイのはずなのにしょっぱいんだよ。これ」

「普通じゃつまらないから工夫を……」

……工夫とか言ってる場合じゃない気がするぞ、これは。

とりあえず、スピード勝負だ、味を感じる前に飲み込もう。

「工夫の前に普通に焼けるようにしろ。本当にまずいぞ、これ」

「……そんなに言うんだったら食べなくていいよ」

思わず、文句が出たら、ヒロインがそう言って睨んできた。

まあ、出来はともかく折角作ったものにこの言い方は悪かったかもしれないが、今回の場合は純然たる事実だろう。

それに。

「一人じゃ食べきれないだろーが」

涙目になってたくせに何言ってんだか。

最後の一口を飲み込んだ。軽く胸やけがする。

まあ、男は気合いだ、気合い。

「ごちそうさま」

軽く、いつもと同じテンションで言って席を立って、元の班のところに戻った。

もう他の料理を食べている余裕なんてないから片付けでもしよう。

……それにしても、食べた直後なのに胸やけがひどいな。

胃薬いるだろうか。ウチにあったたっけかな。

思いっきり失敗したアップルパイは本当に本当にまずかった。

人に食べてもらうなんてとてもできないし、自分で食べきらなきゃいけないけど、全然減らなかった。

そんな代物だったのに、皿は殆ど空っぽに近くなっている。

いつも、赤羽君と話しているのを邪魔してきて軽くむかついているけど。

でも、あんなにさりげない感じに助けてくれるとか。

「……モブのクセに、ちょっとカッコいいのよ。バーカ」

＊＊＊

挨拶は大事です

「篠やん、赤っち、オッハヨー‼」

朝っぱらから、やたらとテンションの高いこの声は言わずもがなで黄原である。

赤っち呼ばわりに貴成の顔が軽く引きつってるな。

数日前に黄原も誘って昼飯食べてから、なんかこんな感じである。

しかし割と迫力があって遠巻きにされがちな幼なじみを赤っち呼びとは軽く笑え……、いや、勇気あると思う。さすがは未来は同じ生徒会として働くだけあるな。

「はよ、黄原。朝からテンションたけーな」

貴成は視線をチラッと向けて答えただけだ。

付き合い長いから、嫌ってはないとわかるが、その反応はどうなんだ。

「赤っちは、返事無し？　ひっどー‼」

あ、うん。軽くイラッとするので貴成の反応でも別にいいか、これは。

「おはようございます。赤羽君、黄原君。……篠山君」

ヒロインが声をかけてきた。毎朝恒例なのだが、最近はちゃんと俺にも挨拶するようになった。

前は全く眼中に無しと言った感じだったけど、一応成長したのだろうか。まあ、貴成といると俺には見向きもしない女子とか多いけどな。

軽く、はよ、と返す。

まあ、いつも通り貴成は不機嫌オーラまるだしだけどな！

「オッハヨー、桜ちゃん。今日も可愛いね！」

キラッという効果音が似合いそうな笑顔で挨拶する黄原はやはりチャラ男に見える。

だが、チラッとこっち向いて目配せしたのはやはり幼なじみに気を使ってくれたのだろう。

意外と気の使えるやつである。

黄原がヒロインとしゃべっている間にさっさと退避し、席に着いた。

準備をしているともうすぐ、ＨＲの時間になり、黄原達も席に着いた。

と、幼なじみが席を立った。

いつもは自分の席で授業までじっとしているのに珍しい。

黄原の席まで行って。

「……おはよう」

何というか、実に幼なじみらしい。

さっき、気を使ってくれた礼の代わりと、あと、さっきは無視して悪かったというところだろうか。

素直に言わないが、こういうことを行動に移せるところは可愛げがあるなと思う。

黄原もなんとなくわかったようで、明るくオッハヨー、と返していた。

あいつもなんだかんだ言っていいやつなのである。

朝から、幼なじみの不機嫌顔を見なくて済んだし、平和だなと思っていると。

「おはよう」

女子のキャーという黄色い声があがる。

はい、副担の紫田先生ですね。いつも穏やか、にこやかな、成瀬先生はどうした。

「今日は成瀬先生が出張ということで私が担任の仕事を代理します」

ああ、なるほど。成瀬先生、出張か。

にしても女子がうるさいな。

黄原のおかげで削られずに済んだ俺のライフがガリガリ削れている気がする。

別に、紫田先生が嫌いとかじゃないんだけど、周りがうるさいのはそんなに好きじゃない。

俺は授業とかＨＲは静かに受けたい派だ。

「欠席は……白崎か」

ふっと、白崎の席の方に目をやる。

そう、白崎は入学式以来殆ど学校に来ていない。

その割には、授業であてられた時はさらりと答えるし、小テストなども満点なので、近寄り難くなってしまったようで、たまに学校に来てもあまり話しているところを見かけない。

攻略対象者ということを考慮してもなんか心配な感じである。

軽く今日の連絡をして、ＨＲは終わりなのだが、それまでの間にも女子はキャーキャー言っていた。

本当にうるさい限りである。

「すみません、もうすぐ授業始まるんで早くしてくれませんかね」

いつの間にか、一限の先生が来ていたようで紫田先生に文句を言っている。

「すみません」

「まあ、女子生徒に色目使うのもほどほどにしてください」

うっわ、超イヤミ。わざわざそんな言い方しなくてもいいだろ。

紫田先生も軽く顔が引きつっているが、すみません、今後は気をつけますと謝り、教室を出て行った。

何というか、顔がやたらと派手だと苦労するなぁ。

そして、このイヤミな先生は個人的に好かん。

前世で貧乏人と散々イヤミ言われたのを思い出し、不愉快になる。なんか思うのは別に良いけど、わざわざ相手に嫌な思いをさせるように言ってくるな。

まあ、成績で見返してやってたけどな。勉強頑張ってて良かったよ。

欠伸をかみ殺し、ノートを取る。

朝の平和な気分と、幼なじみを見て軽く和んだ気分が台無しである。

まあ、その後、あてられてワタワタしていたヒロインを見て軽く和んだが。

見ていて面白いのだが、こいつもちょっと残念だよな。

夜更かしは止めたほうがいい

ねっみい。

欠伸をかみ殺すが、頭がぼうっとするほど眠い。

……やっぱ、昨日のバイクレースの動画がダメだったか。三時間睡眠でいけると思ったんだが。

ちなみに、今は六限の学活である。

授業は耐えることが出来たのだが、やはり何かの係決めなどは眠たくなってきた。

何の話をしているのかわからないほど眠い。

「篠山君はどうですか？」

ん？

どうやら、クラス委員の生徒に名前を呼ばれたのだが話をまったく聞いてなかったため何を聞かれているのかわからない。

そして、眠たすぎて頭が働かないのである。

……適当に答えるか。

「いいと思います」

「あれ、いいんですか？」

「大丈夫だと思いますよ」

「わかりました。じゃあ、篠山君が文化係決定で」

ん⁉

一気に目が覚めた。

ヤバい、俺よ、何故適当に返事を⁉

この学校のこういう係はとてつもなく面倒くさいと内部のヤツに聞いている。

い、今からでも断って……。

「おー、篠山やるのか。意外だな」

「頑張れよー」

断れる雰囲気じゃねえ！

「それでは、篠山君。細かい説明などを行うので放課後、職員室に来てくださいね」

成瀬先生の穏やか笑顔にとどめを刺され、ガックリとため息を吐いた。

「引き受けてくれてありがとう。こういう係は皆やりたがらないから助かったよ」

放課後、職員室で成瀬先生に心からそう言われて、軽く罪悪感がわいた。

すみません、ぶっちゃけ言って引き受ける気なんて欠片もありませんでした。眠たくなかったら、絶対に頷きませんでした。

「やることはさっきも軽く説明したけど、講演会の手伝いや姉妹校との交流を取り仕切ることだよ。講演会は本当に有名な方が来るので、絶対に失礼の無いように気をつけてくださいね」

成瀬先生が書類を渡してきた。

「とりあえずは、一ヶ月後にあるこの講演会の手伝いを始めてください。やることはこれに書いてあります」

書類にざっと目を通す。

とんでもなく面倒くさそうだが、引き受けてしまったものはしょうがないので真面目にやろう。

それにしても、

「すみません、この担当の先生って誰ですか」

「ああ、それは……。っと、いいところに。紫田先生！」

うえ⁉

「講演会の担当は紫田先生です。何か聞きたいことや、やることの指示は紫田先生に貰ってください」

「篠山だったな。大変な仕事だけど、いっしょに頑張ろう」

「……頑張ります」

「頑張ってくださいね。特に質問等がなかったら、もう帰っていいですよ」

「あ、はい。じゃあ、帰ります。さようなら」

「はい、さようなら」

「気をつけて帰れよ」

職員室を出て、深いため息を吐いた。

また、攻略対象者との接触かい。

なんか、入学当初の乙女ゲームな感じは避けて、普通に過ごしたいという目標からどんどん遠ざかっている気がする。

それにしても、

「紫田先生ってあんなキャラだっけ」

なんか、前世の妹は紫田先生はちょっといい加減で面倒くさがりなところがあるんだけどそこがいい！　って騒いでた気がするんだが。

実際の紫田先生は真面目でキチンとした先生である。

スーツもキッチリと着こなしているし。

でも、まあ、俺みたいなイレギュラーがいたりもするんだから、キャラが違うくらい許容範囲だろう。

それに、黄原だって実際はあんなに残念だったし、そんなもんなんだろう。

その後、何故かわざわざ待っててくれたらしい貴成に係を引き受けた理由を聞かれて、眠たくて適当に答えたら何故かやることになってたと、答えたら大爆笑された。

チクショウ。もう一度と夜更かしなんてしねぇ。

差し入れを味わいます

「篠山、こっちの書類頼む」

紫田先生から書類を受け取る。

ちなみに、今は放課後でこの前なってしまった係の仕事中だ。

最近はほぼ毎日下校時間ギリギリまでこの仕事のせいで帰れない。

まさか委員会でもないのに、ここまで忙しいとは思わなかったぞ。皆がやりたがらないはずだ。

「了解です。じゃあ、こっちのチェックお願いします」

「おー、仕事早いなぁ。お前」

「早くやんないと帰れないじゃないですか。先生も新任だからといってこんな面倒な仕事を押し付けられてますよね」

「だよなー」

軽く苦笑しながら、渡した書類のチェックに入る。

にしても、本当に仕事が多い限りである。

講演会は来週なので、とりあえずはラストスパートだ。

と、教室のドアが開いた。誰だろう。

「二人ともお疲れ様です。差し入れを持ってきましたよ」

おおっ、成瀬先生か。

「ありがとうございます」

「いいえ、二人には頑張ってもらってますから。……それにしても、君が教師の仕事をしているのを見ると感慨深いですね」

「昔とは違いますから」

昔とは何だろう？

俺の視線に気付いた成瀬先生がにこりと笑って口を開いた。

「紫田先生は元教え子なんですよ」

えっ、マジか。

「昔はいろいろとやんちゃでして、苦労したんですよ」

「成瀬先生、その話は……」

「ああ、すみません。それでは、もう行きますので、二人とも頑張ってくださいね」

穏やかに笑って出て行った。

それにしても、

「いい先生だなー」

紫田先生が振り返って少し嬉しそうに笑う。

「だろう。俺の恩師だ」

「というか、先生。昔はやんちゃだったんですね」

「言うな。……まあ、荒れてた時に唯一向き合ってくれたのが成瀬先生だったんだ。俺が教師になりたいと思ったきっかけだな」

なるほど。

あんなにいい先生を尊敬してたら、そりゃあ真面目な先生になるだろう。

「それにしても、先生って顔で軽く損してません？」

「……なんだ、いきなり」

「いえ、第一印象と今の印象がまったく違うので」

「……最初は、どう見えたんだ？」

「ぶっちゃけ言ってホスト」

紫田先生のげんこつが頭に落ちた。

「痛っ！」

「やかましい！　悪かったな、ホスト顔で。昔から散々言われたわ！」

「いや、今は普通にいい先生だと思ってるんで。だから、第一印象と違うな、と思ったんで」

「……そうか。にしても、お前はっきり言うな」

「まあ、性格なんで」

「そうか。まあ、差し入れ食べて、さっきの書類終わったら帰っていいぞ」

「了解です」

差し入れに手を伸ばす。

ん？

「先生、こんな書類こんなところに置いといていいんですか？」

チラッと見ただけで重要書類だぞ。

「おお、悪い。混じんないように、そこん中入れといてくれ」

「ほーい」

ファイルに入れる前に書類の内容をなんとなく読む。

当日の講演会の講師の先生のスケジュールで、これ無いとかなりまずそうだな。

ファイルに入れて、差し入れを味わい（このケーキ本当に美味い。太っ腹だな、成瀬先生）、書類を即行で終わらせて帰った。

また、攻略対象者と親しくなってないかこれ、ということに気付いたが、もうどうしようもないので諦めよう。

乙女ゲームな感じの展開が始まったら、逃げればいいんだ！

トラブル発生しました

今日は、講演会当日である。

あの、ハードスケジュールを乗り越えて来たと思うと感慨深いな。

そして、明らかに仕事多すぎだっただろ、あれ。

唯一の救いは講演会の仕事は各クラスの文化係で一回ずつだから、もう講演会の仕事はまわってこないことだな。

まあ、後は仕事が無いので今日はのんびりしよう。

「篠山、すまない。ちょっと、いいか？」

紫田先生に呼び出された。

何だ？

「お前の持ち物にファイルが紛れ込んでたりしなかったか？」

「ファイル？　自分の以外ありませんでしたけど。どうかしましたか？」

「いや、ちょっとな。なんでもない。気にするな」

いや、気にするなって言われても、朝の最後の仕事終わった後に、わざわざ聞きに来られたら、さすがに気になるぞ。

にしても、ファイルか。

……何か嫌な予感がするんだが。

「すみません、そのファイルってこないだ重要書類入れといてって言ってたファイルじゃないですよね」

言った瞬間、紫田先生の目が泳いだ。

わかりやすくて何よりだが、

「ちょっ、書類紛失⁉」

紫田先生は頭に手をあてて、なんでこんなに察しがいいんだ、と呟いた。

「ちょっ、ヤバくないですか！　それ」

「かなりヤバいな」

講演会は今日の午後からだ。

今は、最終確認のために早めに学校に来ているので、講演会まであと五時間くらいあるが探し出すには、ギリギリといった感じである。

「俺も探します」

「授業はどうするんだ」

あ、授業のことが頭から抜けてた。

でも、一日くらいならなんとか……。

「お前は特待生だろう。勉強を疎《おろそ》かにするな。そもそもミスした俺が悪いんだからな。余計な心配かけさせといてあれだが、これでも一応教師なんだ。生徒に迷惑かけるようなことはしない」

そーだけどな。

これ解決できなかったら絶対にいろいろ言われるんだろうことは予想できる。

ここ最近一緒に仕事してきたから分かるが、本当に一生懸命やっていた。

尊敬してる先生に任せられた最初の仕事だからと。

文句あり気な顔になった俺に先生は苦笑した。

「ありがとな」

そのまま、急いで行ってしまった。

「納得いかねー」

思わず独り言がでた。

たとえ、個人のミスだろうが、自分一人で抱え込むのは絶対よくない。

かといって、ここは乙女ゲームの世界である。

今まではあんま気にしてなかったが、これがイベントの始まりだったりしたら、俺に出来ることなんてないだろう。

「おはよう。……深刻な顔してどうした？」

顔を上げると貴成が立っていた。

もう、こんな時間になってたのか。

「いや、ちょっと納得いかないことがあってな」

「……お前らしくないな」

ん？

貴成の顔を見ると思いの外、厳しい顔をしている。

「小学校、中学校と納得いかないことは周囲巻き込んででも、無理やり解決してきただろう。何を気にしているのかは知らないが、あれはお前の良さだ。納得いかないんだったら、いつも通り首を突っ込めばいいだろう。それに、俺だって出来ることなら全力で協力する」

貴成の言葉に、少し驚く。いつもお前はお人好しだよなとか呆れた感じに言っていたが、そんな風に思っていてくれたのか。

でも、そうだよな、俺は今までだったら、全力で首を突っ込んでいた。

一度目の人生はあんな風に突然終わってしまったから、二度目の人生、後悔しないようにと。

「……そーだな。あんがと、貴成」

どうせ、乙女ゲームに関係の無いモブなんだから、自由にやればいいんだよな。

それに入学した時の目標は楽しく普通に過ごすだったけど、俺にとって周りが平和じゃなかったら、全然普通に過ごせないのである。

「ちょっと、首突っ込みに行ってくるわ」

珍しく、ニッと笑った貴成に、いつもに戻ったな、と笑われた。

問題児認定かもしれません

「成瀬先生、ちょっといいですか」

まあ、とりあえずは状況確認だろう。

HRの前に成瀬先生を捕まえた。

貴成は今日は早く来ていたらしく、時間はそれなりにある。

「どうしましたか？」

「紫田先生どんな感じかわかりますか？」

いきなりの質問に成瀬先生は少し驚いたような顔をした。

「……ひょっとして、書類の件について言ってます？」

やはり、成瀬先生は知ってたらしい。

「はい。俺も今まで作業してきたので、書類探すの手助けできるかなと思いまして。……それに、紫田先生、大変そうでしたし。どんな感じなのかと心配になりまして」

「……正直言って、篠山君に手伝えるようなことは無いと思いますよ。書類が無くなったのは、夜です」

夜？

「前日に私と一緒に確認した時には、ありましたから。その後に、紫田先生だけ最終確認で残って少し作業をしてたんですよ」

「その時って、他に誰か先生残ってたりしませんでしたか？」

「芝崎先生が残っていましたけど、知らないとさっき言っていました」

芝崎先生って、あのイヤミ数学教師か。明らかに紫田先生を嫌っていそうだったな。

「紫田君を心配してくれるのはありがたいですけど、篠山君が関わるような問題ではないですよ。私も紫田君といっしょに探していきます。HRの時間ですので、もう行きましょう」

「すみません、あと一つだけ質問いいですか」

「なんでしょう？」

「その書類がいるのっていつですか」

「……ですから、篠山君が関わるような問題ではないと……」

「お願いします。成瀬先生」

笑顔でもっかい訊ねる。

モブ顔じゃあまり迫力は出ないかもしれないが、ごり押しだ。

「ですから……」

「お願いします」

「あの、人の話を……」

「お願いします」

「もう、ＨＲのじか……」

「お願いします」

終始笑顔を絶やさず、話す暇も与えずに言い続ければ、成瀬先生がため息をついた。

「……講演会が終わった後に先方に渡す書類さえ見つかれば、どうにかなります」

ということは、タイムリミットは講演会の時間も含めて六時間ってところか。

正確なタイムリミットがわかったのは、助かるな。

「……君は、そういった聞き出し方をどこで覚えたんですか」

成瀬先生が呆れたような顔をしてる。

「小学生の時から同じようなことしてたので慣れです！」

「君の小学校の先生に心から同情します」

「途中で諦めてましたよ。それに、変なことでこういったことはしませんでしたし」

「尚更です」

見た目は普通なのに、とか呟いている。

「先生、ＨＲの時間始まっちゃいますよ」

「君が言いますか。……念の為言っておきますけど、授業を疎かにしないでくださいね？」

「大丈夫ですよ。勉強は疎かにしません」

「本当ですか？」

「本当です。先生、時間ヤバいですよ」

はあぁあ、と深いため息をついた先生を尻目に、質問答えてくれてありがとうございましたと言ってさっさと教室に向かう。

なんか、問題児認定されたかもしれないけど、まあ、いいだろう。

小学校、中学校とそうだったしな。

気にしない、気にしない。

さーて、どうやって首突っ込もうかな。

仕方がないことなのですよ

とりあえず、今日の時間割を確認し、頭の中で計画を練り上げる。

えーと、一限は数学で、二限が……。

……使えそうな時間は昼休みと、三限が演技しだいと言ったところか？

チャイムが鳴って、一限の数学の担当である芝崎先生が教室に入って来た。

まあ、いっちょやりますか。

「先生、すみません。質問いいですか？」

授業が終わった後、即行で席を立って芝崎先生に話しかけた。

「いいですよ、どこでしょう」

「ここなんですけど……」

「ああ、これはこうで……、ここにはこの公式を使って……」

「あ、なるほど。ありがとうございます」

にこやかになるべく模範生に見えるように振る舞う。

「いえ、構いませんが。珍しいですね、篠山君が、質問なんて」

「すみません、解説書いた紙入れたファイルなくしちゃったみたいで」

「ファイルですか……」

ほんの一瞬、芝崎先生の動きが止まったような気がした。

「はい、ファイルです。落とし物にあったりしませんよね」

「……無いと思いますよ」

「そうですか、すみません。ファイル、なくすと困るんですよね。いろいろと、大事な書類入ってたりして。先生も、重要書類の入ったファイルなくしちゃったりしたりしません？」

目を見てにっこり問いかける。

「……さすがに、やりませんよ。どうして、そんなことを聞くんですか？」

「いえ、そういうこともあったりするのかなと思いまして。他の先生のところに紛れ込んでしまったりとか？」

目を見て言うと、目線をさっと逸らされた。

「……あまり無いと思いますよ。次の授業があるので」

「あ、すみません。質問、ありがとうございます」

足早に教室を出ていった。

柴田先生の性格的にあの状況でなくすようなことはあまり無いだろうと思い、怪しい状況だった芝崎先生に一応鎌をかけてみたのだが。

「当たりか、これは」

ファイルを盗んだとしたら、昨日今日の話なので、動揺してくれたようだ。

とすると、芝崎先生の付近か、盗んだものを隠せそうなところを探した方がいいだろう。

さすがに無いと思うが、一応、ゴミ捨て場やら、シュレッダーの中身やらも確認した方がいいか。

「やっぱり、三限は欲しいな……」

演技頑張るしかないか。


二限の終わりのチャイムが鳴って、先生が出ていった。

席を立った瞬間、

「篠やん、体育一緒に行こう!!」

黄原に、テンション高く誘われた。

苦笑いしつつ、立ち上がる。

貴成も、一緒に更衣室に向かう。

なんか、あそこまで張り切っているヤツを見るとこれからやろうとしていることが心苦しいが仕方がない。

さて、珍しく体育でドジをやって怪我をして保健室に手当てに行くために仕方がなく、本当に仕方がなく、授業を抜けることにしましょうか。

ドジやりました

鼻が痛い。

えーと、授業抜け出すために軽く怪我をしたフリをして保健室に向かうフリをしようと思っていたんだけど！

普通に、ドジった。

やっぱり、悪いことを考えるもんじゃないのかね。

キャッチボールしてたら、隣のペアのボールがガツンと顔面に。

演技する必要無かったわ。

「失礼しま～す」

「はーい。うわあ、すごい鼻血ね！　大丈夫⁉」

うん、なんか美人な若い保健室の先生に見られんのすげえハズい。

ああ、保健室向かうフリして空き教室やらゴミ捨て場やら見ようと思ったんだけどなー。

「何やらかしたの？」

「体育でドジやりましたー」

軽くしゃべりながらも、手際よく手当てをしてくれる。

「ほい、止まった。気をつけなよ～、顔にデカいバンソウコウじゃ彼女も出来ないよ」

「先生に言われるようなことじゃないと思うんですけど」

「あ、先生じゃなく気軽にかおるちゃんって呼んでくれていいわよ」

「先生でお願いします」

そっかー、とか言いながら、ケラケラ笑ってる。

この人、確か、茜坂薫《あかねざかかおる》って言ったっけか。入学式の時に新任の挨拶をしてた。

大人っぽい感じの思わず、振り返っちゃう感じのすげえ美人なのに、案外気さくで話しやすい。

にしても、手際がいいおかげで結構早く終わった。

授業の残りは、あと四十分くらいなので、終わる十分前くらいに戻ることを考えても探しに行けそうな感じである。

「失礼しました」

「はいはいー、気をつけてね！」

保健室を出ようとして、ふと思いついて足を止めた。

「先生、紫田先生のファイルって見てませんかね？」

「へ？　見てないけど、どうしたの？」

「あ、いえ。講演会の準備中に、紫田先生のファイルに俺のプリント紛れ込んだままどっかいっちゃったみたいで」

やっぱり、そんな上手くはいかないらしい。まあ、一応だけど、ごまかしておこう。

「ありゃー。……あれ、講演会の担当の先生って紫田先生？」

「ん？　そうですけど」

「今って、五月よね？」

「ですけど。どうかしました？」

「あ、ごめんね～。私、保健室の先生だからそこらへん疎《うと》くて、意外だっただけだから」

ニコッと子供っぽく見える感じに笑う。

「それじゃあ、失礼しました」

「はーい、次は怪我しないようにね～」

扉を閉めて、とりあえず近くの空き教室に向かう。

時間も無いし、とりあえず探しますか。

ああ、思った以上にキツそうな感じだな、この探し物。

なるべく、音を立てないように気をつけながら校舎の中を全力疾走で走った。

＊＊＊

「ファイルに入った書類紛失か盗まれたってところかしら。紫田先生ったら、そうそうに苦労してるわね」

先ほど、生徒に見せた笑みとは別人のような、大人っぽい笑みを浮かべてポツリと呟く。

「ふふふ、面白そうな生徒よね。篠山君」

楽しそうな密やかな笑い声が一人きりの保健室に響いていた。


奇行ですか？


ヤバい、見つからない。

四限の終了時に俺は頭を抱えていた。

残りの時間は、昼休みと講演会を含めて後二時間ちょっとだ。

今のところ収穫は、学園のシステム上重要書類は持ち出しに適切な処置をしないと学園から持ち出した時にアラームが鳴り、大事になるので学園の中にあることは確実ということと、体育の時間にゴミ捨て場をあさった結果ゴミにはなっていないということである。

シュレッダーの中も空だったし、ゴミの収集日は明日なので、おそらくは確実だ。

本当にどこにやりやがった、アノヤロウ。

「篠やん、お昼行こー！」

黄原がいつも通り声をかけてきた。

まあ、とりあえず昼休みになったんだから黄原達には悪いが、探しに行こう。

「悪い、黄原。講演会の準備あるから、今日はパス」

「あ、そっか。結構、忙しいんだね」

「まあな。貴成も悪いな」

「いや、別にいい。頑張れよ」

とりあえずは、資料室探してみるかなと思いながら、教室を出ようとした瞬間、

「あああああっっーー!!」

桜宮の声が響きわたった。

……なんだ?

「ご、ごめん、篠山君！　今日の講演会の担当の先生って、もしかして紫田先生!?」

「そ、そうだけど、何で知ってんの？」

言ったら、紫田先生目的の手伝いをしないお手伝い立候補者達がたくさん出ることがわかっていたから隠していたのだが。

「や、やっぱり。ごめん、教えてくれてありがとう！　用事出来たからまたね!!」

走って教室を出て行ってしまった。

何だったんだ。

一瞬、呆然としたものの時間が無いことに我に返り、俺も教室を飛び出した。

「……見つからねえ」

もう昼休みの終わりかけである。

講演会の時間をいれても、タイムリミットはあと一時間ほど。

やっぱり、芝崎先生を問い詰めるしかないだろうか。

でも、絶対、素直に言うわけないからやっぱり時間が無い。

大事になるからってためらわずに、あの時間い詰めてみたら良かった。

思わず深いため息をついた。

「ヤッホー！　ため息ついたら幸せ逃げるよ、青少年！」

「うわぁ!?」

陽気なセリフと共に背中を勢いよく叩かれてつんのめった。

振り返ると想像通りのさっきお世話になったどこか子供らしい笑顔がそこにあった。

「いきなり背中叩くの止めてくださいよ、茜坂先生！」

ケタケタ笑ってるけども、普通に痛かったぞ。

保健室の先生がこんなに暴力的でいいのかねえ？

何者ですか？

「あら、かおるちゃんでいいのにー」

茜坂先生は、笑いを止めてそう軽くむくれた。

何でこの人は、生徒にそこまでのフレンドリーさを求めるんだろう。

一度、それやったら、俺のせっかくの猫がはがれそうな気がするぞ。なるべく真面目なごく普通な生徒でいきたい。

まあ、成瀬先生はもう手遅れだが。

「だから、それは遠慮させてください」

「あら、そー？　あ、傷大丈夫？」

「傷の心配するんだったら、叩かないでくださいよ。結構痛かったです」

「あ、痛かった？　ごめんね〜」

ケタケタ笑いながら謝られ、軽く脱力する。

「まあ、それは置いといて。もうすぐ、授業始まっちゃうわよ。一年生は、講演会だから講堂でしょう？　時間かかるわよ」

うっ。

いきなり叩いてきて何なんだと思ったら、これは親切か。

気持ちは非常にありがたいのだが、今はその親切激しくいらねぇ！

「えーと、まあ。大変に切羽詰まった事態が発生しておりまして、出席したい気持ちはこの上ないのですが。自主的休講とさせていただきたい所存です」

「……サボリ？」

「いえ、この上ない事情による自主的休講です」

キッパリと言い切る。こういう時は押しが大事なんだよ。

茜坂先生は、うーんと首を軽く傾げた。

「……まあ、サボリは学生の特権だからね〜。そのこの上ない事情によっては、見逃してあげてもいいわよ」

マジか⁉　軽くOKでるとは思わなかったぞ！

「あ、ただし、嘘はダメよ」

そう言って、そっと、首の動脈の所に手を当てられた。

顔が近くに来て、美人だし、ドキッとするのだが。

「えっと、これは、簡易的嘘発見器では？」

「保健の先生っぽいでしょう？」

わあ、一筋縄ではいかねえ。

「……大事な探し物がありまして。講演会が終わるまでに絶対見つけなきゃいけないんです」

仕方ないので話すしかないだろう。

明らかに、そんな探し物怪しすぎるが。

「……嘘はついてないわねえ。探し物の内容は……さすがにプライバシーよね。じゃあ、それはあなたの物？　それとも、他人《ひと》の物？」

「他人の物です」

「あなたって、特待生よね？　授業中出歩いてるのバレたら普通にヤバいわよ。どうして、他人の為にそこまでするの？」

茜坂先生の笑顔は、何故だか先程と比べてとても大人っぽい。

もともと、大人っぽい美人なだけあって迫力がすごく呑まれそうだ。

しかし、どうしてって言われても、そりゃあ……。

「自己満足です!!」

「へ？」

茜坂先生が呆気にとられた顔をした。

「ただ単に、俺の頑張ってる人が困ってるのを助けたいっていう自己満足で、押し付けがましいお節介です。言うなれば、俺の為です！」

まあ、本当にそれに尽きるんだよな。

紫田先生だって、生徒にここまでやられても困るだろうし、こんなことして欲しいなんて絶対言わないだろう。

だから、本当に俺がなんか嫌だ、それだけの理由である。

「ぷっ」

茜坂先生は、固まってたと思えばいきなり吹き出し、勢いよく笑い始めた。

「アッハハハハハハーーー!!　あー、もうおっかしい!!」

「……何がですか？」

自分でも、変なこと言った自覚はあるがここまで大笑いするほどだろうか。

「あのねー、普通はね、そこまでハッキリ言わないわよ。普通はね、その人の為ですって言うのよ。他人の為に頑張れちゃう優しい自分が好きなのね。でも、自分の為ですって。いや、おっかしいわぁ」

おおう、何だろう。この人、黒いぞ、絶対黒いぞ！

「あー、楽しい。そういうこと言われたら、軽くイラってするからわざと先生方のよく通る道教えてあげようと思ったんだけどね～」

「おい！　ひどくね、それ！」

やっぱ、黒い。めっちゃ黒い！

「まあ、結果としてやってないんだから、いいでしょ。それに、どう考えても授業中に出歩いてる方が悪いです。ま、それは置いといて、探し物頑張ってね、時間無いでしょう？」

ハッとする。しゃべっていたのはそんなに長くないが、時間が無い状態では一分一秒が惜しい。

「あ、じゃあ。サボリの黙認ありがとうございます。」

「うん、いいわよ～。面白かったし。あ、そこの植木の横は本当に先生来ないわよ。遠回りになりがちなルートだから」

「……どーも」

教えられた道の方へ走り出す。

「あ、それとね。大事な物は、普通はずっと持ってるものよ。特に、人に見られたらマズい物は学校なんていうどんな人が来るかわからない所に置いていられないわよね」

ん⁉

思わず、振り返る。

茜坂先生は、軽く手を振って、さっさと歩き出してしまっていた。

えっと、助言かな？

どこまで知ってんの、あの人。

思わず、固まってしまった俺は悪くないと思う。

イベント疑惑です

お、おし！　フリーズから回復したところで茜坂先生の助言をよく考えてみようではないか。

大切な物はずっと持ってるもの、か。

……考えてみたら、何で今まで思いつかなかったんだっていうぐらい可能性あるよな。

絶対に学園の外に持ち出せない物で、紫田先生たちが必死で探してるんだったら、隠せる場所は限られてくる。

ゴミとして捨ててしまったっていうのは、俺が確認したから多分無いだろうし。

と、すると。

やはり、直球勝負しかないか。


「あ、篠やん、お疲れ様～。ギリギリだったねー。席取ってあるよ」

「お疲れさん」

講堂に行くと、黄原と貴成が端の方に二人で座っていた。

……仲良くなったようで何よりだが、二人揃うとタイプの違うイケメンの相乗効果ですっげー目立つな、コイツら。

周りの女子がチラチラとこちらを窺《うかが》いまくっている。

ぶっちゃけ言って今は目立ちたくないのだが、気遣ってくれた友人を無視するとか自分的に無いと思うので二人のところに向かった。

「おー、席、サンキューな。悪いんだけど、やること出来ちゃって講演会見れないっぽいわ」

「あ、マジ？　忙しいんだね」

「……講演会中に？」

黄原はあまり気にせず納得してくれたが、幼なじみは訝しげな顔してこちらを見てきた。

……まあ、普通に考えると講演会とはいえ、授業中に生徒働かせるとかないわな。朝、ウダウダ悩んでたせいで厄介事に首突っ込んでるのバレてるし。

「うん、結構忙しいな。この委員」

「……まあ、無理せず頑張れ」

にっこり笑って誤魔化すと、ため息をつきながらも黙認してくれるようである。やっぱ、付き合いの長いだけあるわ。

「あ、そうそう。桜宮ちゃん見なかった？」

「へ？」

唐突に、黄原に質問されて首を傾げる。

「いや、桜宮ちゃん、昼休みからいないんだって。さっき、級長のやつが気にしてて。昼休みの時、篠やんと騒いでたから何か知ってるかなと思って」

は？

とりあえず、絡まれただけのあれをどう見たら、俺と騒いでたになるんだ、お前目は大丈夫か、っていうのは置いといてだ。

桜宮がいない？

「いや、見てねえし、何も知らねえけど」

あいつってこの乙女ゲームの世界のヒロインだよな。思い返せば、さっきの言動すっげーおかしかったし。

ひょっとして、何か重要なイベント的なもの起きてる？

考えこみだした瞬間に、講堂に来た目的である芝崎先生が講堂の端を歩いていったのが見えた。

「ごめん、ちょっと行ってくるわ！」

急いで席を立って跡を追う。

まあ、とりあえず桜宮のことは置いとこう。それよりも今はやることがある。

さあ、芝崎先生？

楽しいお話しましょうか!!

喧嘩は落ち着いてやりましょう

「芝崎先生」

後ろからなるべく音を立てないように小走りで近づいて、声をかけた。

「はい？　どうしました、講演会はもう始まってしまいますが」

「すみません。昼休みに講演会の道具の予備持ってくるように頼まれてたんですけど、場所わからなくなってしまって結局持って来れなくて。資料室の近くって聞いたんですけど。すみませんが、案内してもらえませんか」

「……仕方ありませんね。道くらいさっさと覚えてください」

おし、連れ出すことは成功！

……にしても、ちょっと言い方に険があるな。今までは普通だったから、さっきの探りで警戒されたのだろうか。

まあ、ある意味都合がいいのでまったく気にしないけど。

早歩きで資料室の近くの器具庫に案内してくれた芝崎先生は無言で器具庫を顎《あご》で示した。

うん、早くしろやオーラがヤバい。

まあ、講演会中に抜けて来てるから当たり前なんだけど。

軽く周りを見回して人がいないか確認する。まあ、授業中だし案の定誰一人いない。

……大丈夫そうだな。

「紫田先生っていい先生ですよね」

「はあ？」

なるべく普通のテンションで切り出した話題に、ものすごい勢いで食いついてきた。

嫌ってるようだから、反応がくるかもしれないなと思っての言葉だったのだが。

……ここまで、分かりやすいと逆にびっくりなんだけど。

「何の冗談ですか。あんな生徒に少し持ち上げられて得意げにしてるような奴がいい先生な訳ないでしょう」

「……講演会の準備もすごく一生懸命やってくれて、熱心で生徒思いのいい先生ですけど」

「一生懸命？　重要書類も紛失させてしまうような仕事のどこが一生懸命なんですか。流石は、学園長の親戚というコネでここに就職しただけありますね。仕事がいい加減だ。篠山もあんな教師に取り入ったって無駄ですよ」

へえ、なるほど。顔が良い所と学園長の親戚っていう所が気に入らないと。

しっかし、まあ、これを狙って話題にしたとはいえ、ここまで悪し様に言うか普通？

しかも、コネとか生徒に言うことじゃないだろう。

うん、やっぱり。

「生徒に同僚の悪評吹き込む教師より、よっぽどいいと思いますけど？」

この先生、嫌いだわ。

「なっ！」

「事実でしょう。普通……の教師は言いませんよ、そんなこと。……それに、書類紛失の件には先生も関わっていらっしゃるのによくいいますね。びっくりです」

「俺が盗んだとでも言うのか!?　そんな証拠ある訳ないだろう！」

うわあ、先生。とても、良い発言……どうもありがとうございます。

「いえ。講演会に関わっている教師として、先生にも責任があるだろう、ってことを言いたかったんですけど。盗んだなんて誰も言ってませんよ」

そう言ったら、自分の失言に気づいたようで口をパクパクさせている。マヌケ面だな。

「っ、うるさい!!　赤羽の金魚のふんの庶民の分際で！」

そう言うと、血相を変えてこちらに掴み掛かかろうとしてきた。

……先生、いや、芝崎でいいか。喧嘩慣れてないな。

こちらに伸びてきた手を避け、片方の手に持ったファイルを叩き落とした。

ファイルから中のプリントがバラバラとこぼれる。

「見っけ」

俺が、前見たプリント類が数学のプリントに混じっていた。

「くっだらない嫌がらせしてんじゃねーよ」

呆然としている芝崎を尻目にプリント類を拾う。

……しっかし、どうしたもんかね。

ここまでやるつもりなかったんだけど。

イラっとしたからとはいえ、完全にやり過ぎた。

まあ、あんま後悔はしてないけど、反省はしよう。

「せ、生徒がこんなことしていいと思ってるのか!!」

軽く考え込んでると、芝崎が騒ぎ出した。

授業中ですよ～、一応……教師さん。

まあ、さっさとどうにかしてプリント届けに行くか。

「そこで何やってるんですか」

ん?

聞こえた声に一瞬動きが止まった。

うわ、しくった。計算ミスだわ。そういえば、ここらへんでも作業したわ。

振り返ると、案の定、紫田先生がそこに立っていた。

イケメンの笑顔は恐ろしい

紫田先生は、よく見ると軽く汗ばんでいた。

どうやら、あれからずっと探していたらしい。

事態をまだ把握出来てないみたいで、俺と芝崎に交互に視線を送り状況を把握しようと努めているが、どうやら芝崎のあのセリフが聞こえてしまったようで表情が厳しいものになっている。

探すのお疲れ様、と思うのだが、この状況は本当にどうしようかね。

「何があったかは分かりませんが、芝崎先生。あの生徒を貶めるような発言は教師としていかがなものかと……」

「う、うるさい!! そもそもがお前とそこの庶民のせいなんだ!」

「はあ?」

芝崎がまたギャーギャー騒ぎ出したので、紫田先生が軽く面食らったような、呆れたような顔になっている。

そして、やっぱりまったく状況が理解出来なかったようで俺の方に近寄ってきた。

「篠山。何があって、芝崎先生がああなってんだ？」

誤魔化すのは、完璧不可能になったので軽くため息をつきながら、先程拾った書類を見せた。

紫田先生の表情が変わる。

「篠山、これ、どこで……」

「芝崎が持ってた」

そう言うと一瞬目を閉じ、そして、目を開けたら雰囲気が一変していた。

どうやら、ブチ切れたようだが……。

怖いわ！

貴成の不機嫌顔でも十分に怖かったが、ガチでブチ切れているイケメンは迫力が半端ない。

思わず後ずさって遠ざかったが、紫田先生は気にせず、未だに阿呆なことをほざき続けてる芝崎に近づく。

「芝崎先生」

人間、声にここまで怒りを込められるもんなんだな～。

思わずそう思って現実逃避したくなる程に迫力満点の声に芝崎も動きを止めた。

「貴方が俺のことを嫌っていることは知っていました。学園長の親戚ということでコネではないかと疑われるのは当然でしょう。……ただ、限度……ってもんがあるだろうが」

決して声を荒げることはないが、怒りを余す所なく伝える声で淡々と話す。

「アンタがやったことは俺だけじゃなくて、成瀬先生達にも迷惑がかかる。そして、それがバレた怒りを篠山に向けるのも間違ってる。……アンタの考え方はさっきから言っていたことで十分に理解した」

言葉を止めて、一歩芝崎に近づいた。

「こんな回りくどいことしねえで、俺がムカつくんだったら俺に直接喧嘩を売れ。全部買ってやっからよ……！」

恐ろしい程の迫力に芝崎が思わずといった様子で何度も首を縦に振る。

……すごいな。流石は、攻略対象者。

俺とは、役者が違う。

「このことは一応大事にしないでおいてやる。それから、この事で篠山に対して不当な扱いをしやがったら、ただじゃ置かねえ」

そう言ってから、芝崎から離れて、いつものように。

「先に講堂に戻られてはいかがですか」

と言った。

芝崎は、ふんっ、と八つ当たりのように荒々しく歩いて去っていった。

この状況で、まだその小物的な反応が出来るのか。

ある意味、すげえよ、アンタ。

「んで、篠山。お前、何やってんの？」

芝崎の実に立派な小物根性に感心していると、にっこり笑った紫田先生が俺の方を向いて、そう言った。

実に綺麗な笑顔で、女子達が見たら絶対見とれてしまうんだろうな。

だが、男の俺からしたら、この状況に対する恐怖しか無いんだけど！

「……はい、紫田先生。朝言ってた書類です」

「うん、そうだな。で、なんでお前がこれ持ってて、芝崎先生とあんなことになってたんだってことを聞いてるんだけど」

うん、やっぱり、誤魔化されないよな！

知ってる。

「……黙秘権を行使したい所存です」

もう一度、悪あがきをしてみたら、さらににっこり笑った。

あ、すみません。

「今は、講演会中だからさっさと講堂行って来い」

あれ、解放宣言が出ただと……！　セーフか、セーフなのか!?

「終わったら、ゆっくり話を聞かせてほしいから、放課後残るように」

……完璧、アウトだった。

はーい、と投げやりに返事をしつつ、ミスったな～、とため息をついた。

お説教の時間です

まあ、そんなこんなで講演会は無事成功した。

俺も一時間ほど遅れて講堂に入り聞いたが、かなり良かった。流石は、有名な教授の講演会なだけあるな。

そして、これのおかげで時間がもう遅いので、帰りのＨＲは免除で、自由解散なのである。

つまりは、紫田先生によるまったく楽しくない質問会がすぐ迫っている……！

……行きたくねえ！

帰りたいけど、帰ったら確実に明日からが怖すぎる。

「貴成。今日、用事あるから先帰ってて」

「……了解。まあ、そこまで無茶はしなかっただろうし。説教くらい受けてこい」

……すごく察しのいい幼なじみでありがたい限りである。

最近何度目かわからないため息をつきつつ、校舎裏に向かう。

うん、呼び出されたのは空き教室とかではなく、校舎裏。

怖すぎると感じるのは、俺だけではないだろう。

指定された場所で木に寄りかかって待っていると、紫田先生がやってきた。

「悪い。待たせたな」

いや、ぶっちゃけ言って来なくていいと真剣に思った。

喉元までそうでかかったが、すんでのところで止めて曖昧に、いえ、と答える。

「それじゃあ、事情を聞かせてもらおうか」

その笑顔は、脅してるようにしか見えねえぞー。

軽く愛想笑いが引きつったわ。何しても、基本無駄だな、これは。

……もう、開き直って正直に話すか。

「朝、なんとなく事情を察してから、成瀬先生に突撃して状況を聞き出して、怪しいと思った芝崎に特攻を仕掛けました！」

「……おい、突っ込み所がヤバいんだが。成瀬先生に突撃って何やった？　特攻って何したら、あの人あんなにキレさすんだ」

「いや、成瀬先生には、普通にごり押ししまくって、情報しゃべってもらっただけですよ？　芝崎は、探ってみたら明らかに怪しかったんで、挑発してファイル奪いました」

「……何やってんだ、お前は！」

軽くキレつつも、呆れつつと言った表情で怒鳴ってくる。器用だな。

「お前、上手くいったから良かったものの、教師に喧嘩売るとか普通に馬鹿だろう！　特待生なんだぞ！　もし、芝崎先生が犯人じゃなかったらどうしたんだ。それに、ファイルの中にあの書類があるなんてわからないだろうが。ああ、もう、お前総じて馬鹿だ！」

思いっきり怒鳴られた。

すっげえ迫力満点であるが、言っている内容は俺を心配してのことでだんだん申し訳なくなってくる。

「すみません、でした」

「まったくだ。もうやるんじゃねえぞ」

いや、もうやらないとは……ぶっちゃけ言えないんだけど。

軽く気が抜けていたせいで、思いっきりそう思ったことが顔に出たらしい。紫田先生が、軽く半目になって睨んできた。もう、笑顔を取り繕《つくろ》うことすらしないのな、いいけどね、別に！

「おめー、ガチで反省してねえよな。人の話、聞いてんのか、おい」

センセー、ガラ悪くなってんだけど！

これか!?　成瀬先生が言ってたやんちゃだったって。え、何？　元ヤンとかそういうこと？

「先生、言葉遣い、悪くなってますよ……」

そういうと、ハッと気づいたような顔をした。

気まずそうにこっちを睨んでくる。

「おめーのせいだろうが。ったく」

「まあ、そうなんですけど。というか、先生、普段の態度と、俺としゃべってる時って全然違いますよね」

前々から気になっていたことを言った。普段は丁寧すぎるくらいに、丁寧だ。

「ああ、そうだな。普段は、芝崎先生みたいに俺を敵視してる先生に睨まれないように丁寧に接するように心掛けてるな。……それに」

一瞬、言葉を止め、言うか迷ったようだが小さく呟いた。

「成瀬先生、丁寧で、落ち着いてる感じだろ」

へえー、なるほど。憧れの先生を見習っての態度だったと。思わず生暖かい目で見てしまうな。

「でもまあ、結構疲れるしなぁ、これ。芝崎先生見てると全然効果なかったみてえだし、もう地でやろうかね」

「いいんじゃないですか。女子とかへの対応もズバッと言っちゃった方が楽ですよ」

「だな。それに、クラスに普通に見えて結構な問題児がいることがわかったし」

あ、うん、なんか、すみませんね。

「と言うか先生、なんで呼び出し校舎裏だったんですか。普通、空き教室とかじゃないんですか」

それ以上言われると、気まずくなってくることこの上ないので、話を変える。やぶ蛇はつつかないに限るのだ。

「ああ、講堂からこっちの方が近いだろ。篠山も、わざわざ上の階の空き教室とかに行くよりこっちの方が楽だろ」

結構、普通の理由だった……。

「まあ、もう遅いし、そろそろ帰れ」

「はーい。あ、そういえば、桜宮ってどうしたか知ってます？」

「桜宮？　ああ、確か家の用事とかで早退したぞ」

マジか。じゃあ、これイベントなんじゃないかっていう俺の悩みは意味なかった訳か。

つーか、あの奇行はなんだったんだよ。

……考えても、よくわかんないな。保留で。

「んじゃ、先生。さようなら」

疲れたし、早く帰って寝よう。

＊＊＊

「どういうことなんだろう……」

篠山と紫田先生が立ち去った後で、近くの茂みの陰に座った桜宮はポツリと呟いた。

入学式で思い出した前世のゲームの知識によると、今日の講演会は紫田先生の性格が変わってしまう出来事のはずだ。

確か、重要書類を盗まれてしまい、そのことがきっかけで紫田先生の立場が悪くなってしまうのだ。

そして、そのことを利用して学園長に信頼されていた成瀬先生が学園から追い出されてしまう。

紫田先生本人は学園長の親戚ということで何もなく、それがきっかけで全てに投げやりになっていたところを一年後、私が二年生の時に救われるというシナリオだったと思う。

だけど、そんなの絶対おかしいし、成瀬先生すごくいい人だし、元々、紫田先生は逆ハーにしにくい攻略対象だしで、早退したふりをして書類を探して回っていたんだけど。

偶然聞いてしまった話を聞く限り、どうやら篠山君がこれを解決してしまったらしい。

篠山君は、ゲームではいなかった赤羽君の幼なじみで、なぜか黄原君いわく親友で、ムカつくくらい地味にいろいろ出来るクラスメートだ。

なんで、調理実習前は食べるの専門って言ってたくせに、マドレーヌあんなにキレイに美味しく焼けるんだ、詐欺だろう。……じゃなくて。

何だか、イレギュラーな行動ばかりしている。

逆ハー邪魔されるかもしれないし。

「要観察ってことかなぁ」

そう言ってから、時計を見るともう結構遅くなっている。

明日の予習もやらなきゃだし、もう帰ろう。

カバンを抱えなおして、そっと学校から出て行った。

階段で遊んではいけません

「だから、保健室行っとけって！」

「大丈夫だから！」

えっと、ただ今、ヒロイン、桜宮の腕を掴んでにらみ合い中です。……なんでこうなった。

軽くため息つきながら、数分前のことをつらつらと思い出した。

放課後、成瀬先生に頼まれて授業で使った地図を資料室に運んでいた。あの時以来、成瀬先生は俺をやたらとこきつかってくる。なんでも、どうせ、何かやらかすんだったら、いろいろと働いてもらう、とのことらしい。まあ、別に異論は無いがな。

「おー、篠山じゃないか。どうした」

振り返ると、予想通りに紫田先生が立っていた。

言葉遣いは俺としゃべっていた時以上にくだけ、格好もしっかりとスーツを着ているが、今までのピシッと音がでそうな感じではなく、ネクタイピンなどの小物でおしゃれをしている。

何が起こったと結構な勢いで噂になったのも記憶に新しい。

「地図戻しにきただけですよ。……というか、ここ数週間、噂すごかったんですけど」

「だろうなぁ。まあ、成瀬先生には、今までの方が少し違和感があったと言われたがな」

軽く苦笑しながら、あっけらかんとそう答える。

「ま、無駄に頑張って疲れるより、楽にしてたほうがいいしな。……それに、俺のために無茶してくれる生徒もいるし、グチ聞いてくれる人もできたことだしな」

後半の言葉はやけに、小さくて聞こえなかったが、なんか嬉しそうで何よりである。

「ま、仕事あるから行くわ。せいぜい、頑張って、成瀬先生にこき使われてくれ」

「はいはい、一言多いですよ～」

笑って手を振る、紫田先生に適当に答えて、資料室に入り、地図を戻す。

さて、今日は、貴成は用事あるから先に帰ってるし、のんびりしながら帰るか。

そう思って階段を降りていると、桜宮が階段を登ってくるのが見えた。

何の気なしにすれ違う、その瞬間、パチリと目が合い、……桜宮が足を滑らせてこけた。

「ちょっ!?」

慌てて駆け寄り、腕を掴んで立ち上がらせる。

「いったあ……」

「だろうな。どうした?」

「いや、ちょっとぼーっとしてただけ。大丈夫」

いや、階段でぼーっとするなよ。危ないから。

ふっと目を下にやると、桜宮の膝が擦りむいて血が出ていた。

「おい、怪我してるぞ」

「あれ、ほんとだ」

「しょうがないな、保健室行くか」

「え、やだ」

ん?

即返ってきた返事に、相手の顔を見る。

「えっと、傷たいしたことないし、行かなくっても、大丈夫かな」

「いや、血が流れて靴下汚れてるぞ。普通に、行った方がいいから」

にっこり笑いながら言っても、明らかにそれは駄目だろ。傷結構大きいから、絆創膏持ってても、サイズ合わないだろうし。

「私、保健室には行かないっていう信条があって」

「いや、意味わかんないから」

なんとなく放すきっかけがなく掴んだままだった腕を軽く引っ張る。足を踏ん張って、拒否された。

「おい」

「大丈夫だから」

「大丈夫じゃないから」

「平気だって、私丈夫だから」

「いや、そういう問題じゃないから」

「大丈夫だーかーらー！」

「大丈夫じゃないから！」


……そんなこんなでお互いヒートアップして今に至る訳か。

何だろう、ここまでくると軽く意地になってきてる感半端ないな。

「お前、なんで、そこまで保健室行きたくないの？」

なんかもう疲れてきて、軽くぐったりしながら聞く。

「怖いもん！」

「ガキか!!」

理由すっげえくだらないんだけど！

「ガキでいいから、行かない！」

「あー、もう。勝手にしろよ！」

さっきから掴んでいた腕を放す、と急に手を離したからか、桜宮がバランスを崩した。

やばっ！

咄嗟《とっさ》に庇《かば》おうとするが、やはり階段であるので踏ん張りがきかず、桜宮の下敷きになったような状態で階段を数段滑り落ちた。

「いった……」

あんま、高いところでしゃべってなくて良かった。

「……え、どうしよ、だ、大丈夫!?」

「あ、うん、大丈夫だから、とりあえずどいてもらっていい？」

思いっきり慌ててる桜宮が俺の言葉を聞いて、今の状況を思い出したらしい。顔を赤くしながら、バッと音がでそうな様子で飛び退いた。

それを見て、軽く苦笑いしながら立とうと、手を地面に置こうとして。

「うわ……」

袖をまくっていて露出していた腕を思いっきり擦りむいているのに気づいた。結構、派手に擦りむいたな、これは。

そして、それを見つけたらしい桜宮が血の気を引かせている。

「ど、どうしよう。ごめん、私のせいだよね、えっと、」

「桜宮、とりあえず、深呼吸。いきなり手離した俺も悪いから」

「え、でも、私のせいだよ！」

軽く泣き出しそうだ。え、やばい、泣かれるのは止めてほしいんだけど。女子に泣かれるのは非常に弱い。前世の妹が泣くのも苦手だったし。

「桜宮、とりあえず、落ち着け。保健室行こう！」

ものすごく見るからにパニック状態のまま、そう言いだした。

「お前、さっきまであんなに行きたくないって……」

「だって、私のせいだもん！　や、ヤンデレライバルキャラくらい、平気だし」

なんか、話の後半、すごく泣き出しそうな涙声でぼそぼそと呟いたから聞きとれなかったんだけど、ものすごく悲愴感が漂っていた。

え、何？　そんなに怖いの？　保健室。

「行こう、篠山君！」

そのまま、擦りむいたのと反対の手を引っ張って保健室の方に歩きだした。

意味わかんないけど、まあ、とりあえず、桜宮を保健室に行かせることは成功したな、うん。

保健室は傷を癒やすところです

「……どうしたの？」

保健室に来た俺と桜宮を見て、茜坂先生は目を丸くしながら、そう聞いてきた。

ちなみに、俺たちの状況は、桜宮が涙目になりながら、軽く遠い目をした俺の手にしがみついているというものである。疑問に思うのも、当然だろう。

「階段でこけて、俺が腕、桜宮が膝を擦りむきました」

「あ、ホントね。……二人で同時に転んだの？」

「説明メンドイんで、黙秘します」

「あ、うん、そっか。とりあえず、手当てするからここ座って」

ものすごく釈然《しゃくぜん》としない顔をしながらも、保健室の先生としての職務を全うすることにしたらしい。

「……桜宮、手、いい加減に放してくんない」

「え、あ、うん、そうだね。ごめんね」

何故か、茜坂先生がしゃべりだした時から、一層強くしがみついてきた手を離すように頼むと、一瞬、泣きそうな顔してからそろそろと手を離した。

本当になんなんだ。

「はい！　じゃあ、レディファーストで、桜宮さんよね？　から手当てするわね」

「え、いいです、いいです！　むしろ、絆創膏くれたら自分でなんとかして戻りますから、私じゃなくて篠山君を手当てしてください！」

見るからに全力で拒否する桜宮に、茜坂先生が首を傾げた。

そして、俺の何したんだという視線に、首を横に振る。

「ん～、そうね。手当てするのは、私の仕事だから、そんなこと言われちゃうと先生困っちゃうわ。ね、ここ座ってくれない？　とりあえず、靴下脱いで手当てさせてくれたら、靴下も洗ってあげるわ。染みになっちゃうわよ」

優しくにっこり笑いかける茜坂先生に、桜宮が少し怯えながらもそろそろと座った。

それを見て、茜坂先生が苦笑する。

そして、手際よく手当てしながらその間にも、ビクビクしている桜宮に訊ねる。

「ねえ、桜宮さん。私、何かしちゃったかなぁ？　ひどいことをしてしまったなら謝りたいのだけど」

「いえ。何もしていませんよ……」

そっかあ、と言いながらも、明らかに困った顔をしている。

その数秒後、桜宮が意を決したかのように顔を上げた。

「あの！」

「ん、何かしら？」

「私、教師は好きにならないんで！」

「……は？」

いきなりの宣言に、茜坂先生が明らかに面食らったような顔をした。

ぶっちゃけ言って、俺も意味わからない。何言ってんのコイツ。

「あ、うん、そうね。確かに、学生と教師の恋って教師に対する風あたりが強いから、そうしてくれると教師としてありがたいかな」

「だから、落ち着いてくださいね！」

「あなたが、まず落ち着いてくれる⁉」

茜坂先生が思いっきり、混乱していた。

深く息をついて、向き直る。

「えーと、三股修羅場、ライバル撲滅、ヤンデレ騒動、どの話を聞いたのかしら？」

は？

桜宮も、驚いたような顔をしている。

「全部、事実無根の噂だから。聞いてくれたら、なんでそんな噂がたったのか、しっかり説明してあげるわ」

「え、えっと、あの、」

「あー、やっぱその辺か」

ため息ついて、髪を払った。

「昔っから、顔立ちが派手だからか、変な噂たてられるのよね。その噂知ってたら、怖いわよね」

はあー、とため息ついた茜坂先生は、さっきと変わって随分大人っぽい。

それを見て、桜宮がびっくりしたような顔をしている。

「えっと、設て……、いえ、噂と性格が大分違うんですけど……」

「常日頃から、猫かぶってるからね。言っとくけど、いまだに彼氏いない歴イコール年齢よ。職場恋愛なんざ面倒くさいものする気ないから。それで、噂ではどんな性格だったのかしら？」

「え、え、えっと、ヤンデレで高飛車……」

「とりあえず、ヤンデレは心底否定させていただくわ」

真顔だった。それはもう、全力で言っているのがわかる声色だった。

そんなにイヤか、ヤンデレ扱い。……いや、うん、イヤだな。

「はい、手当て終わり。靴下、保健室の貸し出すから、洗濯しとくわ。明日、取りに来てね」

「あ、ありがとうございます。えっと」

俺の方をチラリと窺う。

「桜宮、俺大丈夫だから、帰っていいよ」

「あ、うん。その、ごめんね……」

「気にしてないから。また明日」

「あ、うん、さよなら。えっと、茜坂先生、ごめんなさい」

そう言って、ぺこりとお辞儀して出て行った。

「なんか、思ったよりも、普通にいい子なんだけど……」

ぼそりと呟いた声に、俺がはい？　と聞き返すと、なんでもないと返された。

「じゃあ、篠山君も手当てするわね。遅くなっちゃうから、さっさと済ますわ」

そう言って、手際よく手当てしてくれる。

うーん、さっきは桜宮がいたから聞けなかったけど、今なら聞いても大丈夫そうだな。

「えーと、茜坂先生。前々から、気になっていたんですけど、前の講演会の件、なんでわかったんですか？」

そう言うと、茜坂先生はふわりと綺麗に笑った。

「私ね、昔散々いろいろあったから情報収集が趣味なのよ」

「いや、そんなレベルじゃなかったですよね？」

軽く怖くなる程度にはいろいろ知ってそうだったけど！

そう言うと、一層笑顔を深める。スッゴく綺麗なんだけど、見た瞬間ぞわっとした。

「この学園ってね、新学年が始まってから一月半ほどで学園長の監査が入るの。新学年を上手くまわせてるかっていうチェックね。嫌いな先生に何か仕掛けるんだったらこの時期なのよ。……まあ、リスクも大きいけどね」

淡々と、笑顔を変えずに続ける茜坂先生に一層恐怖が募《つの》る。

「職員の人間関係と性格は大体把握しているし、ファイルが無いだけで結構予想できるものよ。私も、結構遅くまで保健室にいるから、誰か残ってるかとか結構わかるし。と、なると、簡単な推理な訳でして」

「えっと、先生って確か新任だった筈じゃ……」

「ええ、そうよ。あなたと同じで、先生一年生よ」

普通、この短期間でそこまで把握出来ませんけど！

「あ、それとね。篠山君。猫被りは置いとくにしても、爪はしっかり隠すものよ。あなた、結構わかりやすいわ」

ちょっ！　え、何⁉

「まあ、私、面倒事は嫌いだけど、おもしろいことは大好きなの。だから、三年間よろしくね」

聞いたら貸し一つとして何でも教えてあげるわ、そう言って笑う茜坂先生に引きつった愛想笑いを向けた。

おーい、桜宮。これ、ヤンデレとどっちがたちが悪いと思う？

席替えは学生の重大イベント

「あれ、久しぶり」

たまたま校門の前で会った黄原が教室に入るなりそう言った。

「どした？」

「いや、白崎が来ている」

白崎、っていうと、最近ずっと休んでた攻略対象者のやつだよな。

全然学校に来ないから地味に心配していたのだが、来たのか。

女子生徒達が遠巻きに、騒いでいる。

……貴成のファンクラブといい、朝から元気だな。

にしても、なんか前と印象が違う気がするけど、なんだ？

「白崎君、休んでた間大丈夫だった？」

「ええ、大丈夫でしたよ。ご心配ありがとうございます」

周りの女子に対する受け答えも、前といっしょで丁寧だしな。

最近、見てなかったから気のせいか？

「皆さん、おはようございます。HRの時間ですので席についてくださいね」

あ、成瀬先生が来た。穏やかな声での注意に、立っていた女子生徒達が慌てて席につく。

……そーいや、桜宮は今日は珍しく貴成に絡んでなかったな。チラリと、前の席に座っている桜宮に目をやる。

コイツって、やっぱり転生者だったりするのかな。

前はよくわかんなかったけど、最近はときどき変な行動したりするし。

もしかしたらっていうのがあるけど、聞いてみて違った場合、俺は中二病か電波なやつの汚名を着せられる訳でして。

なんとも確かめづらい問題である。

「この席順のままで随分たつので、今日は席替えをしましょう。クジを引いて、前に書く番号のとおりに席を替わってください」

って、おお。席替えか。

成瀬先生の言葉にクラスが軽く騒ぎ出す。

うん、俺も流石にテンション上がる。

地味だが、男子高校生にとって非常に重要なイベントである。

「時間はあまりないので、なるべく静かに手早くお願いしますね」

穏やかににっこりする成瀬先生に、クラスのみんなが静かになり、大人しくクジを引き出す。

何なんだろう、あの穏やかなんだけど言うことを聞こうと思ってしまう成瀬先生の笑顔は。

かくいう俺もあの笑顔で手伝いを頼まれ断れずにいるので、非常に気になる謎である。

俺の番になったので、クジを引く。

どこだろう、個人的に廊下側の後ろの方がいいんだけど。

黒板を見て席を確認する。

一番後ろで、窓際から二番目。窓際は眠くなりやすいけど、一番後ろなのは嬉しいな。

荷物を持って席を移動する。

まだ、両隣の席には人がついていない。誰だろ、隣のやつ。

「あ、篠山君」

桜宮が近くに来ていた。隣の席に荷物を置く。

って、隣の席か！

「……また、近くの席、よろしく」

「……おう」

なんとなく、ヒロインと連続で近くの席ってどうかと思う。そういうの攻略対象者とやれよ。

つーか、もう一方の隣誰だ。

そっちを見て、軽く固まった。

今日、久しぶりの登校でクラスの女子生徒を騒がせた攻略対象者の白崎である。

うわー、俺、ヒロインと攻略対象者にはさまれんの⁉

もう、いろいろとあってヒロインや攻略対象者と関わらないっていうのはほぼあきらめたけど、これはない！

「よろしくお願いしますね」

「……よろしく」

にこやかな白崎の挨拶に、顔が引きつらないように答えるのが精一杯であった。どうか、俺をはさんでいちゃつくとかしませんように。

「みなさん、さようなら」

おしっ、一日終わった！

成瀬先生のＨＲ終了の言葉に心内で思わず、ガッツポーズをした。

席替え一日目だからかわからないが、今日は謎に疲れた。

ふと、隣の席の白崎を見る。

朝感じた違和感と言うか、なんか違うというのは何だったんだろう。

今日は、久しぶりの学校だったにもかかわらず、小テストで満点をとっていたところは流石だと思ったが、とても和やかな感じだった。

違和感を感じてしまう、俺が申し訳なくなるくらい。

今も周りに、にこやかに挨拶をして……。

「あ」

気づいた瞬間に、思わず声が出た。

朝見たときも、一瞬だったから、なんか違和感としか思わなかったけど。

会話が途切れたほんの一瞬、朝の時も会話に加わらず遠巻きに見ていたから、わかったのだろう。

しゃべっていた人がいない方を何気なく向いた、白崎の顔は、しゃべっていた時や普段と違って、どこまでも無表情だった。

貴成が帰るぞ、と声をかけてくるまで俺は考えこんだまま固まっていたらしい。

こういうのって、どうすりゃいいんだろ。

俺の気のせいだったら、いいんだけど。

なんとなく、気づいてしまった攻略対象者の表情にぐるぐるとした気持ちになりながら家に帰った。

よくわかりません

「おはようございます。篠山君」

「……はよ。白崎」

にこやかに挨拶してくる白崎に返事をする。

今日もいつもと同じように穏やかに笑っている。

白崎の無表情に気付いてから数日たったが、はっきり言って何の変化も無しである。

強いて言えば、隣の席として親交が深まったかね。

紹介してもらった本すげー面白かった。俺も本好きだし、本好きの友人は嬉しい。

「おはようございます。白崎君」

かばんを下ろして準備をしているうちに、桜宮が登校して来て白崎に挨拶している。

「おはようございます。桜宮さん」

それに対する返しも、俺に対するものといっしょでにっこりしながら丁寧に挨拶。やっぱり、今日も穏やかな優等生って感じである。

「……おはようございます。篠山君」

「はよ」

桜宮が幼なじみに話しかけにいく時に挨拶してくるのも、いつも通りで。

なんか、気のせいだったんじゃないか、って思えてくるよな。

俺に、そこまで、相手の感情の機微《きび》を見分けられると思えないし。

いつも通りにものすごく邪険にしまくる幼なじみに、にこやかに話しかける桜宮を見ながらぼけーっと考え込む。

「どうかしました？」

「ん？」

突然話しかけられて、慌てて顔を上げると白崎がこちらを見ていた。

「驚かせてしまったなら、すみません。珍しく考え込んでいたようなので」

……本人に向かって、お前が時々すごい無表情になって、それが少し怖いのと、なんか気になって考え込んでた！　なんて言えないよな。

「いや、よく頑張るな、と思って」

咄嗟に、今まで見ていた桜宮のことを口に出した。

目線でそちらを示すと、白崎が、ああ、と言って納得した声を出した。

「確かによく声掛けてますね。彼、すごく邪険にしてるのに」

「だろー。桜宮の心臓は確実に剛毛が生えてるよな。貴成も、あれで少しは女子に慣れればいいのに。

あ、そういえばさ。この前、教えてもらった本面白かったんだけど他にお勧めあったりしないか？」

そう言うと、白崎はほんの少しだけびっくりしたような顔をした。あれ、俺、変なこと言って無いよな？

「……そうですね。続編が出てますよ」

「え、マジ？　読みたい。学校の図書館に入ってなかったぞ。そんなん面白かったから、続き無いかなと思って結構探したのに。

「発売されてから、まだそんなに経ってませんしね」

「ああ、そっか。……ひょっとして、白崎持ってたりしないか？」

「え、持ってますけど……」

「やった！　汚さないから、貸してくんない？」

そう言うとやっぱり少しだけびっくりした顔をした。

え、何？　駄目だった？

「駄目なら、別にいいけど」

「いえ、大丈夫ですよ。明日持ってきますね」

おっしゃ！　ラッキー！

「ありがとな」

「構いませんよ。……篠山君は、本当に気にしませんね」

「へ？」

「いえ、こちらの話です。それより、成瀬先生来ましたよ」

そう言われて慌てて席に着いた。

にしても、あれの続きか。明日が楽しみである。

白崎も、しゃべってると、本当に普通にいい奴なんだよな。……やっぱり、気のせいだったんだろうか。そうだと、いいな。


次の日、貴成を軽く急かしていつもより少し早く学校に着いた。

いつも白崎は早めに来るから、多分居るだろう。学校だから、しっかりと読むことは出来ないけど、冒頭だけでも読みたい。

教室のドアを開けると、白崎はいなかった。

まあ、時々はのんびり来ることもあるだろうとは思うけど、少し残念である。

「今日は、やたらと急いでどうしたんだ？」

「いや、白崎に本借りる約束してて、早く読みたいから早く来たかったんだけど。……白崎、まだ来てなかった」

「それで、今がっかりしたような顔してんのか」

貴成が納得した顔で頷いた。

「うん。急がせて悪かったな」

「別にいいぞ。一日くらい」

貴成に軽く謝ってから、席に座る。

準備を終えてから、そわそわと教室の出入り口を窺う。

まだかな、まだかな。来ないかな〜。

桜宮が登校して来て、ちょっと首を傾げた。

「おはよう、篠山君。……どうしたの？」

「はよ。桜宮。いや、白崎に本借りる約束してるからさ、早く来ないかな〜と思ってさ」

「それで、ずーっと教室の出入り口見てるの？」

「そうだけど？」

「……そっか」

桜宮が呆れたように、隣に座った。

「……子供みたい」

ポツリと、桜宮が何か呟いたような気がするけど別にいいや。

結局、白崎が来たのはHRどころじゃなく、始業ギリギリだった。

珍しく急いだ様子で教室に入って来た白崎に声をかける。

「はよ。白崎。珍しく遅かったな」

そう声をかけると、白崎はこちらを向いた。

あれ？　何か今日は感じが違う？

「おはようございます。篠山君。それから、本をどうぞ」

そう言って、自分の準備をするよりも先に本を渡してくれた。

いや、急かした訳じゃないぞ。……さっきの様子じゃ説得力無いな。

礼を言って受け取ると、にっこりする顔はいつも通りである。……さっきのは、気のせいか。

そう思って、授業に集中した。

昼休みになり、黄原たちと昼食を食べにいく時に、ふと、隣の白崎を見る。

コイツ、一人でメシ食うのかな？

本のお礼とか言って、誘うのっていいだろうか。

声をかけようとしたとき、

「白崎君。私たちといっしょにご飯食べない？」

桜宮がクラスの女子たちといっしょに声をかけていた。

……先、越されたな。

「……すみません。少し、用事があって」

「えっと、ちょっとの間だけでも、みんなで食べた方がおいしいよ？」

そう言って、にっこりしながら桜宮が食い下がっている。

毎回思うけど、コイツって結構度胸あるよな。

そんなこと言われたら、白崎は多分断れないんだろうな。基本、女子にはかなり親切だし。前も、女子に誘われて困った顔でご飯食べてたの見たことがある。

「……すみません。あまり余裕無いので」

気の毒に、と思って黄原たちと中庭に向かおうとして、その声がいつもと違ってどこか冷たい響きだったのに気付いて足を止めた。

振り返ると、白崎が桜宮たちに軽く会釈していた。

「また、今度誘ってくださいね」

いつも通りの柔らかい声色でそう言って、こちらの方、教室の出入り口の方に歩いてくる白崎はいつも通りだった。

だけど、その一瞬。白崎が見せた表情は、前に見た、いや、多分、今朝もだな。あの時のような無表情だった。

「篠やん、何かあった？　付いて来てると思ったら、いなくてびっくりしたんだけど」

黄原が話しかけてきて、我に返った。

「あ、悪い。ぼーっとしてた」

そう言って、黄原といっしょに教室を出て行く。

廊下には、さっき教室から出たばっかりのはずの白崎はもういなかった。

もう気のせいって、片付けられないよなぁ、やっぱり。

以前と違って、少し仲良くなったはずのクラスメートのその表情に以前以上に苦い気持ちを抱えながら、先に行ってしまっていた貴成を黄原といっしょに追いかけた。

とりあえずは……


昨日と違って、普通の時間に学校に来た。

隣の席の人物を確認し、かばんから取り出した本を片手に覚悟を決める。

……おし！

「白崎、本、ありがとな」

そう言って、白崎の机に本を置くと、白崎はにこやかに笑った。

「いえ。……それにしても、早かったですね。もう読み終わったんですか」

「めっちゃくちゃ面白かったからな！　他にもおすすめあったら教えてくれ」

「構いませんよ。そうですね……」

しゃべっていると成瀬先生が来たので、慌てて席に着く。

……普通だったな。なんか、昨日の夜、話しかけるきっかけを作るために必死に本を読んだ俺が馬鹿みたいだ。

まあ、あの無表情自体、そんな見るもんじゃないし、白崎の態度はいつも通りだったってだけだよな。

……白崎って、そもそも人付き合いが嫌いだったりするんだろうか。

ふと、そんな疑問が頭をよぎった。

そうだったら、俺、余計なお世話だよなぁ。

人と関わりたいって思ってるんならいいけど、嫌だったら迷惑にしかなんねえし。

つーか、乙女ゲームの世界だから、ちょっと考えらんないようなヘビーなトラウマがあったりする場合もあんのかな。鉄板だよな、薄幸の美人って。

俺に同級生のトラウマを救ってやれるような甲斐性あるとは思えんし。

隣に座っているクラスメートの心内なんて、普通じゃわかる訳無いもんが、わかんないと何も出来ないよな。こういうの。

「……篠山。授業始まってるの、知ってるか？」

自分の名前に反応して、バッと顔を上げると、実に冷ややかな先生の視線と目が合った。

やべえ、考え込んでるうちに授業始まってるし！

先生に謝って、机の上に出てすらいなかった教科書を取り出す。

シリアスに悩んでいようが無かろうが、とりあえず授業受けなきゃ先生に怒られるという、身も蓋もない現実にちょっとため息が出た。


やっぱり、なんも出来ないまま、また数日がたってしまった。

ぼんやりと考え込みながらも、成瀬先生の話をしっかりと聞く。なぜなら、この時間に眠たかったために、ものすごく面倒くさい係になってしまった前科があるからだ。

今日は、一年生でやる発表の説明らしいから、安全だろうが、気をつけるに越したことはない。

「それでは、三人から五人くらいでグループを作ってください。グループ決めたら、班長決めて班員の名前書いて出してくださいね」

グループ決めかあ。さて、どうしようか。いつものメンバーでもいいけど、まとめ発表があることを考えると、クラスで頭いいヤツ独占って言うのはどうなんだろう。黄原も、ものすごく意外なことに頭いいし。別のヤツと組んだ方が良かったりするかね。

「正彦、用紙もらってきたから、名前書け」

「篠やん、赤っち、いっしょにやろー！」

「……おう」

悩む暇も無く来たな、コイツら。まあ、普通は仲良いやつでくむから、細かく考え過ぎてる俺が馬鹿なのかもしんないけどさ！

こう、有無も言わせずに来られると文句言いたくなるな。

「篠山、もう、グループ決まった？」

名前を書き終わってから、貴成に絡む黄原をちょっと遠巻きに見てると、声をかけられた。

「もう決まったぞ。貴成と黄原」

「あー、やっぱりか。一人でいたから、もしかしたらと思ったんだけどな。にしても、頭いいヤツばっかかで固まってんなよ、お前ら」

うーん、やっぱり、頭いいヤツら独占は文句言われるか。

……と言うか、頭いいヤツだったら、

「白崎とかは？　まだ、決まってなかったら、かなりの戦力になるぞ」

ふと、思いついてそう言ってみたら、川瀬は少し困ったような顔をした。

「白崎だと、なんかあんのか？」

「いや、なんかあるって訳じゃないんだけどさ。……こう、なんて言うか、話しづらい？　いつも穏やかなんだけど、出来すぎてて、逆に冷たそうって言うか、世界が違いそう。学校もよく休んでるから、なんつーか、取っつきづらい」

白崎の無表情に気付いていている訳じゃなかったらしいけど、その評価に少し虚《きょ》を衝かれたような気分になった。

「……貴成も、大概だけど？」

「いや、赤羽君は、確かに取っつきにくさはあるけど、篠山といるとよくしゃべるじゃん。だから、慣れてんだよな」

「……そか」

「んー、やっぱり俺らだけでいーわ。ありがとーな」

川瀬に、おー、と適当に返事を返した。

……篠山君は、本当に気にしませんね。

ふと、白崎のそんな言葉を思い出した。

そういえば、貴成で慣れてたから何にも思ってなかったけど。普通は、頭良すぎるヤツって話しかけづらかったりするよな。俺も前世だったら、話しかけづらかっただろうし。

白崎の方に、チラリと視線を向けると、席に一人で座っていた。

まだ、グループに入ってないっぽいよな。あれ。

あんな言葉、人と関わりたいと思ってないと出ないよなぁ。

……余計なおせっかいかもしんないけど、いいよな。こんくらい。

「よ。白崎、グループもう決まった?」

話しかけると、白崎は驚いたような顔をした。

「え、あ、はい。まだですけど」

「おし。戦力確保」

白崎を席から立たせて、貴成たちのところに引きずっていく。

「おーい、貴成、黄原。戦力確保、白崎ウチのグループ入るってさ」

「え?」

白崎が驚いたような顔しているけど、無視しよう。

ぶっちゃけ言って、俺もめちゃくちゃ言ってると思うし。

「白崎か、別にいいぞ」

「白崎、よろしくね~!」

二人はあっさり了承して、用紙を白崎の前に置いた。

ちょっと困ったように、固まってしまった白崎に声をかける。

「ひょっとして、他のところに入りたいとかあったか?」

「あ、いえ、そういうことではないんですけど。誘われると思ってなかったので、少し驚いてしまって」

「いや、お前、頭いいから戦力になるだろ。普通に大歓迎だぞ」

そういってにんまりすると、白崎は、また驚いたような顔をして、

「……よろしくお願いしますね」

そういって、用紙に名前を書いた。

「誘ってくれて、ありがとうございますね」

俺には、ぶっちゃけ言って演技とかを見破るほどの人生経験無いけれど。

そう言った白崎の顔は、普通に嬉しそうに見えて。

何考えてるか、意味わかんなくなってくるヤツだけど、まあ、とりあえずは良かったのかなと思った。

朝に揚げ物はキツい

「篠やん、赤っち、助けて！」

朝、教室に入るなり言われた黄原の言葉にギョッとした。

え、何⁉

「……なんかあった？」

普段、テンション高めに絡んでくるけど、ここまで切羽詰まった黄原は初めて見る。真剣な表情で聞き返すと、黄原がタッパーを突きつけてきた。

は？

「頼む、食べるの手伝ってください！」

そこには、ドーナツだろうか？、山盛りのお菓子が入っていた。

軽く脱力して、黄原の顔を見ると、ものすごく真剣な表情だった。

「……朝から、人騒がせなことを言うな」

幼なじみも、軽く心配したのだろう。呆れた声で文句を言ってた。

「いや、もう。本当に助けて。姉ちゃんが、お菓子作りにはまったんだけどさ……」

黄原が暗い顔で語ってきた。

「自分で食べると太るからって、俺に食わせてきてさ。ここ数日、姉ちゃんのお菓子しか食べてないんだよね。……しかも、途中からアレンジレシピとか言って変なもの入れだして……。今日も、朝から早起きしてなんか作ってると思ったら、一口ドーナツの中に色々詰めたの作ってて。食べたくないから、早く出ようとしたら、朝ご飯として持たされたんだよね～。当たりは、ジャムとか入ってていて美味しいよ。ハズレに、辛子やらなんやら入ってるけど……」

うわあ、朝からロシアンルーレットなドーナツ。なかなかにキツそうである。

「つーか、なんで、今？　昼休みとかで良かっただろうに」

「……冷めると、ハズレのやつがさらにマズくなるんだよね。しかも、昼は昼で、昨日のケーキの残りだよ」

　黄原の顔が死んでいた。

「来た人から摘まんでもらえるように頼んでんの。少しでも減らしてくれると、本当に助かる」

　あまりのことに軽く同情し、適当に摘まむ。

　隣の幼なじみも、普段は女子の手作りとか断りまくっているというのに、同じように摘まんでいた。まあ、これは流石に同情するわな。

　一個目は、チーズだった。普通にうまいな。

　大丈夫そうかなと、二個目に手を伸ばす。

　口に入れたものを噛んだ瞬間、ものすごくヤバい味に吹き出しかける。

　なんだろう、この独特の風味と感触。ものすごく覚えのある味なのだが、明らかにこれに入れるべきものではない。……あ、これ納豆か。

　口を押さえて、吐き出しそうなのを耐えていると、黄原が慌ててペットボトルのお茶を差し出してきたので受け取って口の中のものを流し込む。

「大丈夫ですか、篠山君。口直しいります？」

　今日も早く来ていた白崎が、チョコレートを差し出してきた。

　礼を言って口に放り込む。にしても。

「黄原、これ当たりとハズレの差がヤバすぎる」

「……姉ちゃん、どうせ俺が食べるからって遊ぶからなぁ」

遠い目をした黄原に何も言うことが出来なくなる。桜宮のアップルパイ並みの破壊力だが、見た目が良かったのと、最初のやつがうまかったので、心構えが無さ過ぎたのが敗因だな。

幼なじみは、当たりだったようだが、俺の様子を見て、顔色を青くし、摘まむのを止めた。

「……白崎も食った？」

「僕は、一つ目から辛子を引きました。持ってきたチョコレートにここまで感謝した日はありませんね」

遠い目をした白崎を初めて見た。

「おはようございます。……なんかあったの？」

桜宮が登校して来て、首を傾げた。

「桜ちゃん、おはよう、助けて！」

「ええ⁉」

桜宮が黄原の説明を聞き、苦笑いしながら、一つ摘まんだ。美味しいと言っている様子を見るに当たりだったらしい。

「白崎君、赤羽君、おはようございます」

ふわりと笑ってから、こちらに向き直り、

「おはようございます。篠山君」

「はよ」

なんかこれもいつものことになったな。幼なじみと一緒にいると女子には基本スルーされるので、少し嬉しいものである。

「すごいね、黄原君のお姉さん」

「ですね」

「……お前が、それ言う？」

前の調理実習のアップルパイとどっちもどっちな味だったぞ、あれ。

「篠山君、うるさい」

軽くむくれてから、白崎の方に寄り、白崎と話し始めた。

なんつーか、子どもっぽい行動に少し苦笑する。

「なんか前読んだ小説思い出しちゃった。白崎君、知ってる？　お菓子パニックとか言うやつ」

「いえ、知りません。作家は誰ですか？」

「前、白崎君が言ってた人の短編集の話だよ。ほら、お面屋の話の」

「ああ、その人ですか。読んだことないですね」

「読みたかったら、明日持って来るよ？」

「じゃあ、お願いしてもいいですか」

「うん、待ってるから、絶対来てね」

「絶対ですか？」

「うん、白崎君と本の話するの楽しいし。待ってますので」

なんか、近くの席になってから、よくしゃべってんな、あの二人。

近くの席なので、何気に聞こえてしまう会話を軽く聞き流しながら、黄原を見る。

まだ、ドーナツを配っていた。

まあ、当たりは美味いし、いいかな。

「黄原、俺、もうちょっと貰うわ」

「篠やん、ありがと！　マジ天使、愛してる！」

「……どーも」

振り返った黄原のオーバーリアクションに少し引きながらも、ドーナツをほおばった。

＊＊＊

教室に入ったら、なんだか騒がしかった。

どうやら、黄原君のお姉さんのドーナツが原因らしい。

そういえば、ゲームでもこういうイベントあったなと、一つを恐る恐る摘まむ。

黄原君のお姉さんは良い人なのだが、弟へのいじりが時々すごい。

食べたドーナツは当たりだったようで、ホッとしてさり気なく、離れる。ゲームだったら、面白いエピソードだが、現実にはハズレのドーナツは食べたくない。

白崎君としゃべっていたら、教室の真ん中あたりがまた騒がしくなったので振り返る。

「また、ハズレなんだけど！　これ何!?」

「俺にもわかんないんだよ！」

篠山君が黄原君とギャーギャー言いながら、ドーナツを摘まんでいた。

なんか楽しそうで、周りの男子も寄って来て摘まんでは盛り上がっている。

普通は、あんなの一つ食べたら、食べないだろうに。

計算なのか、天然なのかわかんないけど、周りを盛り上げて、着実にドーナツを減らしていた。

珍しく、赤羽君も笑っている。

「楽しそうですね」

白崎君がちょっと笑って、そちらに歩いて行った。

にしても、アップルパイの時も思ったけど、味音痴って訳でもないのに、よく食べるものである。

今も、少し顔色が悪い。

あの事件から、ちょくちょく観察していたが、篠山君はやっぱり。

「スッゴいお人好し」

事件以上のインパクト

「白崎、昼いっしょに食わねえ?」

そう言って、白崎に声をかけると、白崎は少し驚いたような顔をしてから、首を横に振った。

「すみません、少し用事が」

「そっか、わかった」

そう言ってから、ペコリと頭を下げて白崎は教室を出て行った。

「うーん」

白崎とは大分仲良くなったと思うのだが、未だ壁を作られている気がする。昼の誘いとかは、大概断るし。まあ、一人の時間が好きなだけかもしれないけど……。班に誘った時の嬉しそうな顔見る限り、そうとも言えないような。……ぶっちゃけ言ってよくわからん。

「篠やん〜。空中見つめて何かあった？　地味に怖いんだけど」

「……いや、何でもない。ちょっとぼーっとしてただけ」

黄原に怪訝《けげん》な顔で呼ばれて、ハッとする。

まあ、その内どうにかなるだろう。とりあえず、飯食べに行こう。


放課後、図書室に行こうと思い貴成にそう告げて、文句言われる前に逃げる。

……つーか高校に入って貴成の性格をよく知らない女子に囲まれるからといっしょに帰っていたが、流石にもういいだろう。朝はどうせ家近いからそもそも出る時間被るし、貴成が迎えにきたりするからしょうがないが、もういい加減に一人で対処してほしい。

俺は、保護者じゃないんだぞ。

図書室のある棟に向かう。ここの図書室はなかなかに品揃えがいいのだが、何も五階にしなくて良かったんじゃないだろうか。まあ、五階のほぼ全部図書室なので広くて嬉しいけど。

そんなことを考えながら階段の方へ歩いていると、曲がり角で勢いよく誰かとぶつかった。

「……あ、悪い」

「いえ、私が急いでいたので」

ぶつかった相手に謝ろうと、顔を上げ、思わずまじまじと見てしまう。

黒い髪を三つ編みにして、眼鏡をかけた大人しそうな女の子。ただ、顔がスッゴく可愛い。両手に本を抱えていて、ぶつかったからか、ちょっと恥ずかしそうにしている。

つまり、文学少女と言うフレーズがとてつもなく似合う美少女である。

ちょっと謎の感動さえ覚えていると、黙ってしまった俺に不安になったのか、声をかけてきた。

「……あの、どこか痛かったりしますか？」

「いや、全然大丈夫。俺もぼーっとしながら歩いてたし、ごめんな」

そう言うと、ホッとしたような顔をする。

うん、可愛らしい。ぶっちゃけ言って、美少女と曲がり角で激突とかなかなかに美味しい状況に文句なぞ無い。俺も精神年齢が高いとは言え、男子高校生、こういうのに憧れが無い訳無いのである。

「えっと、それじゃあ」

そう言って、階段を急ぎ足で駆け上って行ってしまった。

目的地はさっきの両手の本を見る限り同じだろうな。

そう思いながら、のんびりと階段を登って図書室に向かう。

この前、白崎が言ってた本を借りようと、目当ての本を探していると本棚の角の所で白崎を見つけた。

よく来るって言ってたもんなぁ、と何気なく声をかけようとしてから、あることに気付き開いた口を閉じる。

いや、ねえ。

白崎は一人じゃなくて、他の生徒と話している。

それが、クラスの男子とかだったら普通に話しかけるだろうが。

さっき俺がぶつかった文学美少女と話していた。

しかも、彼女が一生懸命何かを白崎に話しかけており、かなり親しげ。

……うん、さっきのあれで何かを別段期待した訳ではないのだが、世知辛さと言うものを噛みしめておこう。大丈夫、貴成の関係でかなり慣れている。

まあ、とりあえず目当ての本だけ借りてさっさと退散しよう。

何故なら、俺にはあの間に挟まれたら最後なかなかに疎外感を味わせられる状況に突っ込む勇気など無い。

運良くすぐに目当ての本を見つけ、カウンターに向かおうとした時、

「白崎君⁉」

焦ったような、図書室には似つかわしくない音量の声が聞こえた。

とっさに、持っていた本をその場に置き、さっきの場所に走る。

「っ、おい、白崎、大丈夫か⁉」

本棚の角を曲がったところで見えた状況に、息をのむ。

白崎が、顔色最悪な状態で本棚にもたれて座り込んでいた。

駆け寄って、声をかけると、ぼんやりとした感じで目を開いた。

「あれ、篠山君……」

「大丈夫か？　とりあえず、保健室に……」

「いえ、大丈夫です。心配をおかけして申し訳ありません」

そう言って、ずれていた眼鏡をかけ直し、立ち上がろうとする。その危なっかしい状態に、制止の言葉をかけようとした時、

「白崎君、ちょっといいかな？」

文学少女な彼女が何故かいやに静かな声色で話し出した。

「あ、香具山《かぐやま》さん、おすすめの本結局駄目で申し訳ありません」

「その話は、今はいいです。とりあえず、白崎君は保健室に行って休むべきでしょう？　私達も付き添うから」

「いえ、迷惑かける訳にはいきません……」

「ねえ、白崎君。私、さっきから体調悪いんだったら、さっさと帰れって何回も言ってたよね。それに大丈夫だからって、無理して倒れたお馬鹿はどこの誰だと思う？　つーかな、迷惑かけたくないんだったら、大人しく保健室行って病人やってろ、これ以上心配かけるんじゃねえ、コノヤロウ」

……沈黙が降りた。

大人しそうな見た目で、しかも笑顔で、先ほどのセリフを言った彼女は、こちらを振り返って有無を言わせない口調で、

「白崎君、了承したみたいだから、歩く時にフラつかないように付き添ってもらっていい？　私、荷物全部持つね」

ちょっと、呆気にとられながら頷くと、彼女は白崎の方に向き直り、トドメを刺した。

「白崎君、話はついたから保健室行こっか。……文句は無いよね？」

文学少女な見た目で、どこぞの不良以上の威圧感を醸し出す彼女に思わず思考が飛んだ。

中身、どこか残念な桜宮と言い、腹黒まっ黒な茜坂先生と言い、この学園の美人は中身と外見が伴わないんだろうか。

語ってみました

「重度の貧血ね～。無茶しちゃ駄目よ」

保健室に連れていくなり、白崎は茜坂先生に問答無用で寝させられた。

それ見たことかというような香具山さんの視線が向けられたのは俺じゃないけど痛い。

「うーん、この時間だったら、早く帰って休んだ方がいいわね。あまり歩かない方がいいんだけど、家に誰かいる？」

「……母が」

「じゃあ、ちょっと職員室で電話してくるわね。連れてきてくれた二人はありがとうね」

そう言って、茜坂先生はニコッとこちらに笑いかけて、保健室を出て行った。

にしても、この前しの別人さがとてもヤバいんだが。どこで切り替えてるんだろう。

思わず、そう考えこんでしまった時に、

「白崎君」

なかなかに冷たい声に現実に引き戻された。

絶賛、お怒り中の香具山さん、めちゃ怖いんだが。

「すみません、倒れてしまって、迷惑かけましたね」

「そこじゃない」

「はい？」

「私は迷惑かけられたとか、そんなことじゃなくて、苦しいとか、体調悪いとかそういうことをちゃんと言わなかったことに怒ってんの！　その口は何の為に付いてるの？　それくらいちゃんと言いなさい！」

うっわ、保健室だからか、声は大きくないのにド迫力。

女子を見た目で判断するのもう止めようと決意して、怒られてビビってるだろう白崎を見た。

「え？」

思わず驚く。

白崎は、ビビってるとかそういう感じではなく、何とも言えない苦笑いを浮かべていた。

「……そうしたら、約束守れないでしょう？」

その言葉に香具山さんが、表情を変える。

「そういうことを言ってるんじゃないでしょう!!」

枕元まで詰め寄って行って怒鳴る香具山さんを慌てて止める。

「ちょっ、相手病人なんだから、落ち着いて」

「だって、そういうことじゃないでしょう!?」

「……随分、賑《にぎ》やかね？」

いつの間にか戻って来ていた茜坂先生が苦笑しながら、入り口に立っていた。

「心配なのは分かるけど、うるさくしたら体に障るわよ。今日は、もう帰りなさいね。篠山君、送ってあげなさい」

「すみません、でも……」

少し落ち着いた香具山さんが白崎にちらりと目をやりながら口ごもる。

それを見た茜坂先生は真剣な顔をして、

「……ひょっとして、篠山君と二人っきりは嫌？」

「へ？」

「ちょっと、篠山少年、いくらモテないからと言って女の子に変なことしちゃダメでしょう！」

「ちょっ、そんなことする訳ないでしょ！　つーか、いきなり何の話ですか!?」

「地味なフツメン、三つ編みがキュートな文学美少女。二人の間に何か問題があるなら、全て地味なフツメンが悪い！」

「理不尽！　何様だよ⁉」

「かおるちゃんです！」

白崎も香具山さんもポカンとしていたが、香具山さんがハッと我に返る。

「い、いえ、篠山君に何も問題はないです！」

「なら、問題無いわね。気をつけて帰ってね」

にっこり笑う茜坂先生に、何が目的でこんなことをやり始めたか気づいた香具山さんはばつが悪そうな顔をして頷いた。

「じゃあ、白崎君。お大事に」

「はい。篠山君も香具山さんも今日はありがとうございました」

「おお、お大事に。白崎」

「はい？」

「香具山さんと同じことは俺も思ってるからな」

何とも言えない顔をした白崎に手を振って保健室を出る。

あまり人気《ひとけ》の無い廊下を二人で歩く。

ポツリと香具山さんが口を開いた。

「今日は、頭に血がのぼっちゃってすみません」

「あ、うん。びっくりしたけど、別にいいよ」

「二回目なんですね、白崎君が倒れるの見るの」

その言葉に驚く。香具山さんは、ため息混じりに言葉を続けた。

「前は図書室に行ったときに、偶々《たまたま》だったんですけど、その時も大丈夫ですばっかり言って。私、その時から白崎君のこと」

言葉の途中に小さく息をこぼす。

俯いていた顔を上げて、再び口を開いて、

「……スッゴいイライラするんですよね」

「……イライラ？」

「はい。イライラしません？　何を気にしてるのか知りませんけど、何かあるならさっさと言えばいいのに」

うん、話の流れを勝手に想像した俺が悪かったのかもだけど、続いた言葉にびっくりです。もっと、こう、恋愛っぽい言葉がくると思っちゃったよ。

「まあ、私みたいに思ったことなんでも言うような人ばっかりじゃ無いのはわかってるんですけどね。篠山君もこんなのだと思わなかったでしょう？　性格キツい自覚はあるので、普段はなるべく大人しくしてるんです。なんですけど、時々、暴走しちゃって」

はあ、とため息をつく。

そのまま、無言で歩いていると昇降口についた。

「それじゃあ、また」

「ああ、また。送んの大丈夫？」

「まだ、明るいですし、家も近いんです。それに、私合気道有段者なんで」

にっこり笑う。……うん、勇ましいな。

出る門が違うので、昇降口のところで別れる。

「香具山さん」

声をかけると振り向いた。

「まあ、確かにすっげえ怖かったけど、白崎のことすごく心配してたのは俺にもアイツにも伝わってるから」

そういうと、くすりと笑って軽くおじぎをした。

香具山さんを見送ってから、歩き始める。

……また、乙女ゲームに首突っ込んでるのかねえ、これは。

「ま、いっか」

俺はやりたいことやってるだけである。


次の日、少し早めに学校に来た。

教室で予習をやっていると白崎が入ってきた。

やっぱり、来る日は早いな。

「はよ、白崎」

「おはようございます、篠山君」

「ちょっと話あるから、教室出てもいい？」

「……はい」

苦笑いで頷いた白崎を連れて、朝は人が来ない教室に移動する。

「昨日のお説教の続きですか？」

……そういう笑顔で眼鏡を直すんじゃない、腹黒に見えっぞ。おっと、思考がずれた。

「いや、怒るって訳じゃない。ただ、言いたいことがあっただけ」

不思議そうな顔をした白崎に言葉を続ける。

思ったことが間違ってるかもしれないし、独りよがりなお節介かも知んないけど。

『お前、また今度、また今度って言って、全然俺らとの約束守んないじゃん。俺らと遊びたくないなら、もういいよ！』

忘れらんない前世の記憶。

俺がまだ小学校低学年の頃、父親の事業が失敗して、家がゴタゴタしてて、妹は本当に小さくて。遊びたかったけど、毎日早く家に帰った。

その時に友達にそう言われた。

今なら、小学校低学年のガキに同級生の複雑な事情を悟れって無理あるし、ソイツも俺と遊びたかったのかなって思えるけど、言われた時は辛くて悲しかった。

白崎は病弱で学校休みがちで、近寄り難い見た目のせいで遠巻きにされているけど、いいヤツだと思う。似たようなこと言われてきたならどうにかしてやりたい。そう思うから。

「小さい頃ってさ、あんま周りの事とかさ本当にはわかんないんだよな。それにわりかし、今日や明日のことしか実感が湧かねえの。だから、また明日とかの約束って大事だったりすると思うんだ」

驚いた顔した白崎にちょっと笑って続ける。

「でも、俺たちは、もう高校生だろ？　ラインとかもあるし、また今度って言われたら、結構待てんの。それに、そんな約束破ったくらいで俺は、いや、香具山さんも、それに黄原たちだって友達やめたりしねえからな。少なくとも俺は、また今度の約束をしにいくぞ」

うん、ちょっと語ってしまった。

視線を軽く逸らす。ヘタレという勿れ。これが勘違いだったりしたら俺はものすごくイタい。

「ぷっ。はははは!!」

「はい!?」

急に白崎が笑いだした。それも、今まで見たことも無い程の爆笑。

怖いって感じるの俺だけ？

「す、すみません。いえ、自分に笑えてきまして。小さい頃の事をいつまで引きずってんだと。

……そうですね、もう高校生になってましたね」

笑いを止めて、こちらに向き直る。

「ありがとうございます。篠山」

あーあ、そういう笑顔は女子に向けろよ。心の底から、嬉しそうな笑顔を見て思う。

「どーも」

まあ、今度こそ胸張って友達になれた気がするからいいか。

「そういえばさ、前から気になってたんだけど、お前時々すっげえ怖いレベルの無表情になってるぞ」

教室を出る前に前から気になっていた事を聞いてみる。

どうせ勇気出したんで、今なら重い理由でも頑張って受け止めてみよう。

「あ、なってました？　すみません。昔から、体調悪いとすごく無表情になってるらしくって。怖いって言われるので、なるべく笑うようにしてるんですけど」

思わず、きょとんとする。

「理由そんだけ？」

「はい、そうですよ？」

思わず脱力してしまう。うん、まあ、普通に考えたらそんな感じか。深刻な心の傷がとか悩んでた俺が馬鹿なの？

でもまあ、結局は、

「……そんなになるまで、我慢してんじゃねーよ。ばーか」

これに尽きるわな。

すみませんと言う白崎の背中を軽く叩いて教室に戻る。

教室には桜宮とかも来ていた。

……さて、やることは後一つかな。

ヒロインに物申します

授業が終わった後、桜宮に声をかける。

「桜宮、HR終わった後にちょっとだけ話せる？」

「……えっと、別にいいけど。赤羽君と帰らないの？」

「アイツは、今日から掃除当番だから先帰っていいって言われてんの。じゃあ、校舎裏の記念碑の横で」

「え、あの、なんの用事……」

桜宮が聞こうとした瞬間に、成瀬先生が入ってきたので、慌てて前を向く。

ちらっと、桜宮を見る。

勉強が苦手で、ミーハーでイケメンに弱いけど、それなりにクラスに溶け込んでいて、女子の友達もそれなりに沢山いるクラスメート。

……気のせいだったら、いいんだけどな。

ＨＲが終わった後、荷物を片付けて二人で校舎裏に向かう。

記念碑の周りは、石畳になっており、雑草が生えにくいので、秋に落ち葉が大量に出ない限り掃除する人がいない。

そして、記念碑の後ろに行けば人目も付きづらい。

……まあ、ぶっちゃけ言って、告白スポットとして有名なので先客が居れば大抵の人は気を使って避けるという場所だ。

はい、正直言って、恋愛感情持ってない女子呼び出すのに使いたくなかったです！　まあ、しょうがないが。

何から話そうと迷っていると、居心地悪そうな桜宮がおずおずと口を開く。

「……えっと、あの、篠山君。よ、用事って」

「あー、安心してくれ告白じゃないぞ」

そう言うとほっとした顔をする。

……桜宮、露骨に顔に出し過ぎです。まあ、いいけどさ。

「ま、意味わかんないかもしんないけど、真面目な話」

そう言うと不思議そうな顔をした。

「桜宮さ、白崎が体弱いの知ってるよな？」

「え、うん。もちろん。クラスメートだし」

「……俺、席近いじゃん。だから、白崎と桜宮の話、よく聞こえたりするんだけどさ。……白崎によく言うよな。待ってるから、絶対に明日、学校来てね、って」

「あ、うん。私、白崎君とクラスメートとして仲良くしたいし」

にっこりして言う桜宮に内心で苦笑いをする。

「……それは、白崎が体弱いせいで、休みがちなの考えて言ってる？　白崎が学校休んだら、その約束を気にするってことも。もし、約束守ろうと頑張ったら、体調滅茶苦茶悪化するってことも」

「……え」

「もし、気付いてなかったなら、アイツそういうの滅茶苦茶気にしちゃうから、気をつけてほしいんだよね。でも、もし、漫画とか小説とかに影響されてそういうこと言ってるなら止めた方がいいと思う」

単に軽い口約束のつもりなのかもしれない。

でも、学校休んだせいで、駄目になってしまった約束っていうのは少なからず気になるものだろう。

まあ、普通は、数日後に果たせばいいものだが。

でも、白崎は明らかに約束を守ることに固執していた。

無表情が出てしまうほどに体調悪くても、無理してしまうほどに。

普通、おかしいのは白崎で、何の気なしに約束を言っている桜宮は悪くないのだろう。

でも、知っていて言っているなら。

講演会の時、深く考えずに流してしまったが、紫田先生が担当って知っていたのはやっぱりおかしいのである。

もし、桜宮が俺と同じ転生者で、白崎のトラウマを知っていてそれを利用して仲良くなろうとしているなら。

体の弱いクラスメートという人間としてではなく、攻略対象者というキャラとして見てるなら。

それは駄目だろうと思うんだ。

だって、これは現実だ。

ゲームでは、数行のセリフで終わってしまう倒れてしまった事実も、倒れた白崎はとても辛いし、体調だって更に悪化させているのだ。

白崎も、白崎の家族も、周りの人を巻き込んで、辛いんだ。

「……どういう、こと？」

「物語と混同しない方がいいってこと。現実は物語のように上手くはいかないもんだし。な？」

ぽかんとした桜宮に、なるべく優しげに見えるように笑いかける。

「……何よ、それ。変なこと言わないでよ！　地味顔、背景溶け込み男のくせに！　意味わかんない！　ばーか！」

そう言うと、走って行ってしまった。

「案の定……か」

もし、気付かず言ってしまっていただけなら、怒るだろうし、転生者なら、素直に認めて言うこと聞くはずなんて無い。

でも、もし、これで気をつけてくれるなら、ちゃんと俺達と俺の大事な友人を人間としてみてくれるなら。賭けてみたかったのである。

「乙女ゲームに関わんないが、本当に行方不明だなあ」

思わず苦笑してしまうが、俺の人生、好きなように生きると決めているのだ。しょうがないだろう。

＊＊＊

走って、その場から遠ざかり、人気がなくなったところで思わず座り込んだ。

「何よ、ばかー」

思わず、呟く。

白崎君のルートは、白崎君の過去がとても関係している。

白崎君は、体が弱くて、学校も休みがちで周りから少し遠巻きにされていたが、親友がいた。

だが、その親友が親の都合で海外に引っ越すことになり、その直前に約束をする。この町で俺が一番好きな景色を見せてやるから、引っ越しの前日いつもの公園で、と。

白崎君は、絶対に行くつもりでいた。

しかし、その日に限って体調が悪かった。それが家族にばれたら、出かけることさえさせてもらえないと、出かけることさえ家族に隠し、家を抜け出して公園に向かうが途中で倒れてしまう。

白崎君が目を覚ました時には、もう翌日で、親友は飛行機に乗ってしまった後だった。

携帯を見ると、沢山の着信と一件のメールがあった。

そのメールには、こう書かれていた。

『来れなくなったなら、せめて連絡くらいしてくれよ。大事な約束も守れない、お前なんて親友じゃない。嘘つき』

ちゃんと謝れたなら良かったのだが、海外に引っ越すにあたって、その子からのメールで新しいメールアドレスなどを知らせるということになっていたので連絡も取ることが出来なかった。

その時から、白崎君は約束というものに固執するようになる。また、破って嫌われてしまわないように。

白崎君のルートでは、約束という言葉をなるべく選び、ちゃんと待ってるし、もし守れなくっても大丈夫という姿勢を示すのがポイントである。

そして、日本に帰って来ていたその子と和解させるのだ。

私はそれを知っているのだ。

白崎君が、その子と和解するシーンはよく覚えている。早くさせてあげたいと思って何が悪いのだ。

現実は物語のように上手くいかない、なんてことは無い。

ちゃんと私は、上手くやれている筈だ。

皆がしっかりと幸せになれる逆ハーエンドをちゃんとつかみ取れる筈なのだ。

だけど、頭がぐるぐるする。

篠山君は、やっぱり何かを知っているのだろうか、ひょっとして、何かやらかしてしまっているのだろうか。

「何よ、篠山君の馬鹿」

もう一度、呟いて立ち上がる。

早く家に帰ろう。

家に帰って、のんびりして、いつも通りに頑張るのだ。

喧嘩ではないのです

「おはようございます、黄原君、赤羽君……」

俺の顔を見るなり、何とも言えない顔になって顔を背けた桜宮はそれとなく会釈をして自分の席の方に歩いて行った。

あの話をしてから一週間ほど経ったのだが、万事こんな感じである。

……嫌われたかねぇ、と軽くため息をつく。

「篠やん、桜ちゃんと喧嘩した？」

「いや、喧嘩ではない……、まあ、ほっといてくれると助かる」

曖昧に言葉を濁すと、黄原は了解と笑い、貴成は軽く頷いて答えた。

理解ある友人で本当に助かる。まあ、貴成は興味無いだけかもしれないが。

まあ、俺はいいのである。

問題は……。

「おはようございます、朝から仲がいいですね」

にっこりと笑いながら挨拶をしてきた白崎におはよーと返す。

すると、更に楽しそうににっこり。……頼むからその笑顔は男子じゃなくて女子に向けろ。

白崎とはあの話をしてから普通に仲良くなることが出来た。黄原や貴成ともグループ学習を通じて仲良くなり、すごく楽しそうである。

だが、

「桜宮さん、おはようございます」

「あ、白崎君、……あ、えと、おはようございます」

微妙な顔して、あたふたとした後、ぎこちなく笑って挨拶を返し、そそくさと席を離れた。

「……僕、何か桜宮さんに嫌われることしましたでしょうか？」

何とも言えない顔をして、問いかけた白崎にこちらも何とも言えずに微妙な相槌しか打つことが出来ない。

そう、問題はあの話以来、ずっと気まずくなってしまった白崎と桜宮である。

桜宮はともかく、白崎はよくしゃべっていたクラスメートがある日突然自分を避けだしたのだ。気にするだろう、普通に。

そして、桜宮の反応に関しても、ちょっと予想外だったりする。あの話の後の剣幕や貴成への強い押しから、もっと強引な反応をしてくるかと予想していたのだ。

かといって、貴成達への対応も以前と同じくあんな感じだし、正直言って掴めない。

三人から少し離れてどうしようかと考えていると、川瀬に声をかけられた。

「おはよー、何かあった？」

「……ああ、はよ。いや、ちょっと考え事がな」

そう言うと、貴成達を見て俺を見て、納得したように頷いた。

……なんぞ？

「ああ、いや、まあ、男として分かるもんはある。友達だとしてもちょっと辛いよな」

「……は？」

うん、本気で話がわからない。

怪訝な顔をしたら、声を小さくして続けた。

「いや、白崎も最近、赤羽や黄原と連むようになったじゃん」

「だな。で？」

「その元々目立ってたのが、更に目立つようになって、正直お前の存在感がなんと言うかだろ。大丈夫、お前が良いヤツなのは皆知ってるから、そこまで気にしなくても……」

そう言われて、三人を改めて見る。

ああ、確かにキラキラ度アップしてんな～～、相乗効果がすごい。

「いや、それは割とどうでもいい」

「え、いいの!?」

いや、うん。貴成と長く幼なじみやってると、貴成と自分の存在感の差とか、正直今更だ。

まあ、俺に対するスルー率高いが、貴成だってあの異様な存在感とか顔面偏差値の高さでめちゃくちゃ苦労してんの見てるから羨ましくは全くないし。

まあ、女の子全部取られるのは、少し、いや、かなり微妙な気分になるが。

それよりも、

「俺、アイツらのこと好きだから別にいーや」

つーか、そんなことよりも桜宮のことだがな。

ちゃんと、考えてくれてるって事で良いのか？

いや、でも貴成とかへのごり押しとか考えると……。

そっちの方に思考がずれ、ふと、話が途中だったことを思い出して顔を上げると、何とも言えない顔をした川瀬と目が合った。

「……何？」

「……そんなセリフがさらっと言える神経のすごさと、なんでお前が男にモテるのかすげーわかった」

よくわからないことを言ってきたので、首を傾げる。

成瀬先生が来たので席に戻り、桜宮のことはまあ保留で良いかと思考を流した。

放課後、掃除当番で裏庭の掃除を行う。

もう一人のヤツがゴミ捨てに行ってくれたので、もう戻ろうと道具を片していると、

「ヤッホー、そこの少年、お茶してかない？」

ナンパみたいなセリフが聞こえてきて、脱力する。

振り返ると想像通りに茜坂先生が窓から顔を出して手を振っていた。

「別にいいです。……それよりも、地分かってるのでそれ止めません？」

今更、気さくな明るい先生ムーブとか正直言って、少し不気味です。

茜坂先生はその言葉をにっこり笑って流した。

「ま、いいや。それよりも最近、桜宮さんと仲悪いんだって？　どうしたの？」

「その情報網はどうなってるんですか？」

「秘密は女を美しく見せるそうだから、秘密で。それよりも、よっぽどのことが無い限り、人と上手くやれる篠山君が揉めてるっぽいんでどうしたのかな、と」

その言葉に深くため息をついた。

「……別に喧嘩してるって訳じゃないですよ。ちょっと、俺が注意っぽいこと言ったら気まずくなっちゃっただけです。それに、桜宮がどんな性格なのかさっぱりわからないし」

そう言うと、ぷっ、と吹き出して、あはははははは、と笑った。

「嫌ね～、篠山君ったら。女の子がすぐに分かるものだと思ったら大間違いよ」

その言葉に、だろうなと頷く。

本当に、全然わからない。

「ま、私から言えることは、一つだけかな。桜宮さんはすぐに謝ってくれたわよ」

「は？」

「初めて会った時に、誤解しててごめんなさい、ってすぐに謝ってくれたわよ。自分の非を認めて、ちゃんと謝るのって難しいわよ。言えることはそれだけ」

にっこり笑って去っていく茜坂先生をポカンとしながら見送る。

やっぱり、女はちっともわからない。

悩み事相談～桜宮視点～

「……行ったかなぁ」

木の蔭からそっと顔を覗かせ、篠山君がいないことを確認してため息をついた。

本当に何をやっているんだろう、私。

掃除当番が終わって、教室に戻ろうとした時に篠山君を見つけて、咄嗟に隠れてしまった。

おかげで、茜坂先生との会話を盗み聞きしてしまうことにもなり、重ねて憂鬱な気分だ。

「やっぱり、わかるよね……」

茜坂先生の「仲悪いんだって？」という発言を思い出し、呟く。

あの話からずっと篠山君と、いや、白崎君ともまともに話せていない。

どうしても気になってしまうのだ。

自分のしてることが、どうだったのか。

考えても、考えても、堂々巡りでわからない。

木にもたれたまま、ずるずると座り込む。

昨日も考え込んでしまったせいで、あまり寝れなかった。

そのせいか、眠いし、考え事は頭の中でぐるぐるするしで、ぼーっとする。

寝ちゃおうかなぁ、と普段なら思わないことが頭をよぎって、目をつぶる。そよそよと吹く涼しい風が気持ち良い。

本格的に眠りそうになった時、

「大丈夫ですか？　具合でも悪いんですか？」

心配そうな声をかけられて、正気に戻った。

こんな所で寝るとか普通に駄目だろう。何やってるの、私！

声をかけてくれた優しい人にお礼を言おうと、目を開けて顔を上げる。

「ふぇっ⁉」

「え、どうしたの⁉」

思わず変な声が出た。

いや、でも、しょうがないよ！

だって、そこにいたのは、白崎君ルートのライバルキャラ、香具山詩野《しの》だった。

香具山詩野はあの乙女ゲームで茜坂先生の次に苦手とした人が多かったであろうキャラだ。

と、言っても、茜坂先生のように性格の悪いヤンデレキャラという身の危険を感じる系ではない。

また、陰湿な嫌がらせとかもない。

理由はただ一つ。

発言がものすごくキツいのだ。

ゲーム画面越しでも、メンタルガリガリと削られるキッツイ言葉は覚えている。

しかも、割と正論。

選択ミスるとその攻撃をくらい、漏れなく涙目になれる破壊力である。

ただでさえ、メンタル弱ってる時に会いたい相手ではない。むしろ、茜坂先生の次に避けたかった人です！

どうしよう、どう切り抜けよう⁉

一人であたふたと慌てていると、

「あの！　本当に体調悪いなら保健室行きましょう。私、付き添うから」

本当に心配そうに声をかけられて、ふと我に返る。

……よく考えれば、現実には初対面の彼女にあのキッツイ発言をされる訳が無い。

それに、現実の茜坂先生良い人だったし、性格が優しい可能性だってあるのだ。

「大丈夫だよ。ちょっと、風が気持ち良いなぁ、って座ってたら眠くなっちゃっただけだから。心配してくれて、ありがとね。」

「そうなの？　でも、気を付けてくださいね。私の知り合いも無理して倒れちゃってたし」

その言葉にドキッとする。

彼女は白崎君ルートのライバルキャラだ。

設定では一年生の時から、図書室でよく会ってたらしい。

つまり、その知り合いは白崎君かもしれないのだ。

……ひょっとして、倒れるくらい、無理してたの？

「やっぱり、体調悪いんじゃない？　顔色が悪いですよ」

その言葉に、思わず顔を押さえる。どうやら、顔に出てたらしい。

「いや、大丈夫なの！　ただの悩み事だし！」

「……悩み事？」

慌てて言った返答の失言に内心頭を抱える。

初対面の人に、悩んでますと言ってどうするの、私。

「えーと、その」

ああ、悩んでる。困ってる。本当にごめんなさい！

「聞きましょうか？」

「へ？」

その言葉に思わず口を開けて、間抜け面になった。

「だから、話、私で良かったら聞くよ。私、今日、暇だし。初対面だと却って話しやすいかもだし」

その言葉に思わず顔を見つめてしまう。

その顔は真剣で、私の視線に気付くと安心させるように優しく笑った。

……さっき、逃げようって思ってごめんなさい。

設定と違ってめちゃくちゃ優しい女の子です。

その言葉に甘えて、おずおずと口にだす。

「……そのね。私、助けてあげたい人がいたの。その人が悩んでることの解消の仕方もわかってたから、頑張って悩みを解決させてあげようって思ったの。それで、頑張って順調に行ってたのかな、って思ってたんだけど」

思わず、言葉が詰まる。

視線で先を促されて再び話しだす。

「別の人に、それは違うって言われたの。その人に無理させてたって。……でも、ちゃんと出来てたの。可笑しなことなんてしてない筈なの。だけど、気になっちゃって。その人とも、注意してきた人とも上手く話せなくなっちゃって、どうしたらいいのかわからないの」

一息に言い切って、息を吐く。

そろそろと、彼女の顔を窺うと、彼女は小首を傾げながら考えていた。

そして、うん、と頷くし私に向き直って、

「それはあなたが悪かったんじゃない？」

オブラートなんて欠片も感じない、直球の返答を返してきた。

思わず、うっ、と詰まる。

「悩み事解決させてあげようって、上から目線な親切って、ちょっと押し付けがましいよ。それに、多分、冷静な第三者に駄目だって言われるってことは、相当的外れだったんじゃないかな？　それに、気になるってことはあなたも気付いてたんじゃない？」

「でも、注意してきた子もかなりおせっかい……」

「おせっかいだから、わざわざ言ってくれたんじゃない？　普通、嫌われるってわかっててそんなこと言ってくれないと思うよ」

正論である。そう、正論故に心に痛い。

スッゴく痛い。グサグサ突き刺さる。

前言撤回したい、設定間違って無い。

この子、やっぱり言葉キツい。

俯いて落ち込んでしまった私に、彼女は慌てたように謝ってきた。

「あ、すみません。私、その言葉キツいみたいで」

知ってます！

「えっと、その、それだけじゃなくて、私、あなた優しいんだなって思ったよ」

「……今更、お世辞はいいよ」

そうすると、少し困ったように、

「いや、そういうんじゃなくて。えっと、本当に自己満足の為だったなら、そんな風に悩まないと思うよ。だから、方法は間違っちゃったけど、その子のこと考えてたのは本当なんだなって感じたの」

うん、そう。幸せになって欲しかった。

……だって。

〝前〟の時、少し体調が悪くて病院に行ったら、もうどうしようもない状態だった。

いきなり余命なんて告げられて、怖くて、悲しかった。

でも、いつも笑ってた家族が、友達が、皆皆、悲しそうで、辛そうで、泣いていたのが辛かった。

自分が周りを不幸にしてたのが嫌で、必死になって笑ってみせて、ちょっとでも明るくなんて好きだった乙女ゲームも何回もやった。それでも、やっぱり、皆が以前のように明るく笑ってくれるようにはならなかった。

だから、これが現実なのも、ゲームの逆ハーレムエンドとかご都合主義なのは分かってても、それでも。

「皆、幸せなのがいいって思うの」

ぽろりと零れた言葉に彼女は優しく笑った。

「そういう言葉が、自然に出るのは、本当に優しいって思うよ。多分ね、ちゃんと考えたから、もっともっと素敵になるんだろうなって思うよ」

そう言ってから、ハッと気付いたような顔をした。

「……ご、ごめんなさい。なんか、さっきからめちゃくちゃ偉そうなことばっか言ってますね」

そう言って気まずそうにした彼女に、ふと思った。

言葉がキツくて、怖い女の子だって思ってた。

だけど、今、私がしゃべってるのは、言葉がキツいだけじゃなくて、真っ直ぐで優しい女の子だ。

多分、ゲームの中でも本当はそうだったんじゃないかな。

ヒロインの目線から見ただけじゃ、わかんないことだって沢山あって、、あのゲームの中での大団円が本当に幸せなのかは分からない。

そんな、当たり前のことに私は今初めて気付いた。

「話、聞いてくれて、ありがとう。スッキリした」

そう言うと、ふわりと笑って、

「どういたしまして」

と答えた。

……いい子だなぁ。本当に優しい。

友達になれたら、いいなぁ。

どうしよう、この上、私から言い出すのって図々しい⁉

一人、アタフタしてると、

「そういえば、名前言ってなかったですね。私、香具山詩野っていいます」

そう笑って自己紹介してきた。

そういえば、私は知ってたけど、彼女は知らないよね。

「えっと、私は、桜宮桃っていいます」

「えっと、そのね。私、言葉がキツいから、友人少ないの。だから、恩を売るようであれだけど、友達になってくれない？」

その言葉に思わずはしゃぐ。

「いいの⁉　喜んで！」

はしゃいでから、ふっと気付いたことがあった。

スッキリしただけじゃないよね。

「あの、えっと、詩野ちゃん。そのね、やらなくちゃいけないことあるの。だから、その」

口ごもると、詩野ちゃんは笑って。

「じゃあ、また今度。いってらっしゃい」

と言ってくれた。

気付くことがありました

茜坂先生に絡まれて少し遅くなってしまったので、急いで教室に戻った。

多分、貴成、帰るの待ってるだろうしな。

教室のドアを開けると、

「篠やん、掃除お疲れ～！　じゃ、行こっか！」

黄原にテンション高く声をかけられた。

見ると、白崎も貴成といっしょにいて、二人にもお疲れと声をかけられる。

あれ？　なんか、用事あったっけ？

……可能性はあるな。俺、朝とか考え込んでたし。

「お、おう」

とりあえず、笑顔で頷いておく。

とりあえず、合わせる。これ、大事。

「……正彦、朝の話聞いてなかっただろ」

ソッコーで貴成にバレた。半目で睨まれる。

うん、ごめん。

そういえば、昔っからお前にはすぐバレてますね。

「ごめん。朝、考え込んでて聞いてなかった。……何の話？」

「ったく。白崎が図書室に詳しいと言うし、俺達はあまり行ったこと無いから案内してもらおうという話だ」

あー、そんな話してたような。

うん、普通に失礼だから、今度から気を付けよう。

「あー、ごめん」

「いえ、いいですよ」

「うん。気にしないから、行こ～」

二人にも謝ると、朗らかにそう言われる。

……お前ら、本当いいヤツ。ガチでごめん。


図書室に着くと、黄原が、おー、と小さく歓声をあげる。

どうやら、本当に初めてらしい。

貴成は、俺について来たことがあるので、そこまでの驚きは無いが、白崎にお勧めなどを聞いている。

白崎、本当に色々な本知ってるもんな。

俺も読む方だが比べものにならない。

さて、俺もなんか読む本探すか、と図書室を見て回ろうとすると、

「あ、篠山君。借りてる本が一冊、期限今日までだけど、持ってます？」

司書の先生に声をかけられた。

あ、そういえば、あれまだ返してなかったか。

確か、後で図書室行こうと思ってロッカーにいれたまま忘れてたわ。

「すみません、ロッカーにいれたままなので、取ってきます」

「わかりました。気を付けてくださいね」

貴成達に声をかけて、教室の前のロッカーに向かう。

教室に向かう廊下を歩いていると、

「あ、篠山君。こんにちは」

振り返ると香具山さんが立っていた。

相変わらず、見た目は楚々とした文学少女である。

本当に、人は見た目によらないな、と考えながら挨拶を返すと、にっこり微笑まれた。

「……なんか、良いことあった？」

挨拶してきてから、ずっとニコニコしてたので聞いてみる。

「あ、分かっちゃいました？　あのですね、すっごく可愛い女の子と友達になったんです！」

そりゃあもう嬉しそうに笑いながら、報告してくれた。

うん、あなたも可愛いと思います。

「なんか、悩み事相談？　みたいなことをしたんですけど、その時の反応が可愛くて。言われたことに涙目なったかと思えば、真剣な顔して頷いて、終わった後に、嬉しそうにお礼言ってくれて。表情がすごくよく変わって、素直で可愛くて、いい子なんだなって思ったんです。だから、終わった後に友達あんまりいないから、友達になってなんて言っちゃって」

最後の言葉に、ん？　と思ってしまったのが分かったらしい。

恥ずかしそうに笑いながら、

「……本当は、普通にいますよ？　だけど、素を出した上で仲良くしてくれそうだったから、絶対友達になりたかったんです。だから、つい」

と言った。

うん、安心しました。

「まあ、良かったな」

「はい。本当に可愛いんです。多分、篠山君もあの可愛さに気付いたら、好きになっちゃいますよ」

その言葉に、思わず苦笑しながら、はいはいと頷くと、香具山さんははしゃぎすぎていたのに気付いたようで、恥ずかしそうに黙った。

「じゃあ、また」

「おー、また」

香具山さんと別れてから教室前のロッカーに行き、本を取り出す。

さて、図書室に戻ろうと思い歩き出すと、

「篠山君!!」

呼び止められて振り返る。

そして、驚いた。

桜宮が息を切らして、そこに立っていた。

「……あ、えっと、どうした？」

「……あ、のね、……篠山、君に言い……たいこ、とが」

「ごめん、桜宮。息整えてからしゃべって。ゆっくりでいいから」

息を切らしながら話しているため、途切れ途切れの言葉に思わずつっこむ。

必死に息を整えてる桜宮に、思わず首を傾げた。

最近避けられまくっていたし、こんなに必死に言いに来るようなことがあるとは思えないのだが。

ようやく、落ち着いたようで顔を上げた桜宮に問いかける。

「大丈夫か？　なんでそんなになってんの？」

「あ、図書室から走って来たから」

「え！　本当になんで？」

ウチの教室から図書室までは地味に遠い。

桜宮は運動神経はあまりよろしくないようだし、走るのは大変だっただろう。

「朝、黄原君達が、図書室に行こうって話してたの聞こえたから、白崎君と篠山君もいると思って。行ってみたら、白崎君は居たけど篠山君いなかったから」

「……そのまま、待ってれば良かったんじゃない？」

「ううん、少しでも早く言いたかったから」

そう言って、まっすぐ俺を見る。

「白崎君に謝ってきたの。……考え無しに自己満足押し付けてごめんなさい、って」

その言葉に思わず、目を見開く。

「……白崎君は、そんなこと無いって言ってくれたし、多分そう言うんだろうなって思ったんだけど。でも、言うべきだって思ったの」

一瞬だけ決まり悪そうに目線を逸らしたが、また、まっすぐ視線を向けてきた。

「自分は良いことしてるんだって自信満々に、自覚無しに白崎君にひどいことをしてたのに気付いたから。……病気なのは、辛いの自分も周りもだって知ってたのに、それすら気付いてなかったの」

その言葉に思わず、ほっと息を吐く。

良かった、気付いてくれたんだ。

「そして、篠山君にも」

「……俺？」

最近、避けられていた以外に彼女に何かされた覚えはない。

「……私が、駄目駄目だったの、教えてくれたのにひどいことを言った。……本当にごめんなさい。そして、ありがとうございました」

その言葉に思わず、ぽかんとその顔を見つめてしまう。

そうして、無言になった場の状況に段々と耐えきれなくなってきたのか、桜宮が顔を逸らし、

「え、えっと、そんな感じです」

と言って、ぺこりと頭を下げ、……振り返って歩きだそうとした所で、教室のドアに足をぶつけた。

ガンッ、となかなか大きい音がして、桜宮が声もなく悶絶して足を押さえる。

「……」

「……」

更なる沈黙が降りた。

「……ぷっ」

何故だか段々おかしくなってきて、吹き出してしまった。

そのまま、笑いを止められず笑いだしてしまった俺に、桜宮は顔を真っ赤にして、

「と、とにかく、ごめんなさい、ありがとうございました！　それじゃあ、さようなら！」

脱兎のごとく逃げ出した。

そのまま、笑いながら呟く。

「あー、そういうことか」

桜宮がどんな性格かわからなかった理由がなんとなく分かった。

ここは乙女ゲームの世界で、彼女は、桜宮桃《ヒロイン》だ。

俺は、気にしないと言いながらも、そういう風にあいつを見てた。

だけど。

同級生の俺に、説教くさいこと言われて、腹をたててしまうのは当たり前なのに、ちゃんと自分で考えて。

そして、有耶無耶《うやむや》にせずに、白崎に、……攻略対象でも何でもない俺にも謝りにきた。

つまりは、まあ、

「結構、良い子じゃん」

攻略対象者として見るなと言いつつ、俺もあいつのことヒロインとして見てた。

俺だって、本当にまだまだである。

笑えないのに、何故か止まらない笑いを必死に止める。

「……戻るか」

あまり遅いと貴成達が心配する。

そう呟いて、図書室に小走りで駆けて行った。


翌日、登校すると桜宮と目があった。

なんとなく気まずそうにしながらも、前のようにこう言った。

「……おはようございます、篠山君」

最近無かった挨拶に、少し笑いながらこう返す。

「おはよー、桜宮」

成長期はとても嬉しいものです

夏休みまで、後少しとなった。

そして、文化祭の準備も始まりだ。

と、言うのも、ウチの学園の文化祭や体育祭は夏休みの後にまとめてある。

その上で、二つ合わせて学園祭とし、総合得点を競って、優勝クラスに景品があるらしい。

夏休みの間に、各クラス自由に準備できるので、大抵ものすごくクオリティーが高くなって盛り上がると内部のヤツらから聞いている。

ちなみに、ウチのクラスは、無難に喫茶店だ。

イケメン達を売りにしようと言う意見は勿論出たが、貴成のイヤそうな顔と、白崎の困った笑顔で自重することになった。

まあ、シフトの時には普通にヤバくなりそうだが。

しかし、ここまで盛り上がるとなると、普通に楽しみである。

中学の文化祭は、予算も少なくてそこまで大したことできなかったんだよな。

まあ、少ない予算で、どこまでやれるか！　と、それはそれで盛り上がったが。

既に、メニュー班、内装班、衣装班と分れており、俺は、と言うか男子の殆どは内装班だ。

今日はとりあえず、学園の備品で使えそうな物を確保するらしい。

自分の担当する分を貴成達と確認していると、黄原が微妙な顔をして声をかけてきた。

「……えーと、あのさ。その、文化祭と関係無い話なんだけどさ。夏休み、その、俺の家に来てくんない？」

実に気まずそうなその顔に首を傾げる。

友達を家に呼ぶとかそんな変なことじゃないだろう。

「別に、全然いいけど」

「だな」

「はい。むしろ、喜んで行かせてもらいますけど」

貴成と白崎も不思議そうな顔をしている。

「あー、うん。出来れば、本当に出来るだけ早くお願い出来ないかな、マジで」

「まあ、それは俺らの予定大丈夫だったらいいけど。なんで、そんな気まずそうなわけ？」

そう言うと、微妙に顔を逸らして、

「……姉ちゃんのテンション、絶対マジでヤバいんだよ」

「……ひょっとして、今まで友達いなかったからか？」

「それもある。それもあるけど！」

本当に気まずげである。何なんだ。

「……姉ちゃん、見てるんだよねー」

「何を？」

「篠やん、初めて会った時、俺何やってたか覚えてるー？」

何って、それは忘れようもない。一人で、挨拶の練習……。

「おし、出来るだけ早く行くわ」

「マジ、ありがとう！」

貴成と白崎が不思議そうにしているが、まあ、うん。言われたく無いだろうしね、あれは。

そして、お姉さんの気持ちもかなり察する。

心配過ぎるだろ、あれは。

貴成達をごまかして、仕事を開始しようと立ち上がると、パチリと桜宮と目があった。

慌てて、逸らされるが。

まあ、貴成達を見てたんだろうな。

桜宮は、あれから少し変わった。

前のように、貴成に無理やり話し掛けまくったりせず、かなり控えめになったし、白崎や黄原にもアプローチめいたことをすることが減った。

そして、俺にも大分普通に接する。

上手くいったようで、良かったなと思いながら、目的の倉庫に向かった。


「おし、これで最後、と」

頼まれていた物を見つけて、息を吐く。

後は、生徒会に貸し出し申請書類を提出して終了だ。

貴成達とは、備品がある場所がかなり離れていたから途中で別れて探していたのだが、倉庫が無駄に広くて手間取った。

学活の時間もそろそろ終わるし、さっさと戻ろう。

ドアを開けようとしたら、手をかける前にガラリと開いて、思わず驚く。

「あ、篠山君。もしかして、びっくりさせちゃった？　ごめんね」

「ああ、桜宮か。いや、大丈夫」

どうやら、俺が開けようとするのと同時に、桜宮がドアを開けたらしい。

「と言うか、どうしたんだ？　確か、衣装班だよな」

「うん。もしかしたら、トルソーがあったかもしれない、って内部の子が言ったから探してるんだけど」

「あー、なるほど。俺が見たのは、手前の方だったけど無かったぞ。あるとしたら、奥の方だけど……」

ちらりと、見ると色んな物が積まれてかなり混沌としている。

うん、はっきり言ってあまり漁りたくはない。

「……あそこらへんかぁ」

「時間ももうあまり無いし、無理じゃね？」

「うーん。でも、せっかく来たし、軽く探すくらいはするよ」

そう言って、恐る恐る奥の方の物を覗き始める。

「物かなり積んであるから、気をつけろよ」

「わかってるよ」

そう言って、振り返った時、桜宮が手をついた物がぐらりと揺れた。

ヤバい！

走って行って、桜宮の腕を引っ張り、落ちてきそうだった物を押さえる。

……セーフ。

「……どこがわかってんの？」

「ご、ごめんなさい！　篠山君は大丈夫？」

「うん、物も落ちてないから、全然平気。ただ、戻すから、少し離れてもらっていい？」

「あ、ごめん！」

慌てて離れた桜宮に苦笑しつつ、積んであった物を直す。

つーか、これ普通に危ないな。

一回、普通に大掃除とかした方がよくねぇ？

「……あのさ、篠山君。その、身長伸びた？」

「え？」

「いや、ちょっと思っただけなんだけど！」

身長、伸びたのかな。

まあ、成長期だしな！　うん、もう十cmあっても全然いい。

今も、百七十cmギリギリだが、百八十cm台に憧れる。

貴成とか、高すぎんだよ！

「いや、わかんないけど。そろそろ時間ヤバいから、申請書類出してくるわ。桜宮も、一人でそれは危ないから、諦めて早く戻れな」

「あ、うん。わかった。ありがとう」

備品、掴んではや歩きで生徒会室に向かう。

……身長、伸びてんのかな。

うん、普通に嬉しいなぁ。

……後でちょっと測ってみようかな！

＊＊＊

「……おかしいなぁ」

前にも、篠山君に階段で助けてもらった時、手を掴まれた。

私からも、その後、手を引っ張ったりした。

だけど……こんなんじゃなかった気がする。

なんだかさっき掴まれた時、篠山君の手は大きくて、思ったよりもがっしりしてて、近くで聞いた声は低くて。

……男の子って感じだった。

「だ、男子の成長期ってすごいなぁ」

うん、きっと、身長が伸びたからだろう。

こんなに、胸がドキドキしてるのも、きっと物が落ちてきたのが怖かったんだ。

うん、そう。

……きっと、それだけ。

家族は大事にしなきゃいけないのです

今日は、黄原の家に行く日だ。

黄原の言ってた通り、夏休みが始まって、すぐに決行された訳である。

と言っても、追試期間が夏休み前からあり、追試の無い生徒は早く夏休みになるという制度のおかげで、早めに夏休みが始まっているのである。

まあ、なかなかにシビアな制度と言えるが、進学校なのでこんなものなのかもしれない。

因みに、成績はテスト返し前に答え合わせした感じによると、貴成が一番良く、白崎と俺がどっこいどっこい、黄原がうっかりミスし過ぎで、俺らのちょっと下という感じだ。

と言うか、貴成はほぼ満点だった。

……学園が追試期間設けるほどレベル高いテストでそれとか、うん、本当にチート。

考え事をしていたら、いつの間にか目的の駅に着いていて、貴成に小突かれた。

「扉が閉まる。動け」

「おー、悪い」

電車から降りて、改札の前に向かう。

今日は黄原の家に一番近い駅の改札前に集合だ。

白崎が先に来ていて、軽く手を振ってきた。相変わらず早い。

「こんにちは、篠山、赤羽」

「ああ」

「こんちは。お前、早いよな」

「そうでもないですよ」

そう言ってから、俺ら二人を見てクスリと笑う。

「二人はいつも一緒に来ますよね」

いや、まー、そりゃ。

「家、隣だしな。一応」

「だな」

貴成の家は高級住宅地にあるがとてもデカイ。

そのせいで、裏口が高級住宅地の外れに有り、そこは俺の家からすぐそこだ。

貴成は高級住宅地の中を突っ切る必要のある表の入り口が好きではないらしく基本裏口を使う。

行き先一緒、移動手段一緒となると普通に出る時間被るのだ。

女子のようにわざわざ待ち合わせたりしてないぞ、流石に。

まあ、時々寝坊した時とかは貴成が起こしに来てくれたりするが。

……あれ、これはよくあるギャルゲーとかの幼なじみのテンプレ……。

いや、考えるのはよそう。ちょっと、男友達と何やってんだって虚《むな》しくなる。

そんなことを説明したりして、時間を潰してたら黄原がやってきた。

俺らを見て転けそうなほど急いでいる。

集合時間には、まだなってないから大丈夫なのだが。

「ごめん！　遅れた！」

「いや、大丈夫だぞ」

「ですね。まだ、五分前ですし」

「だな。それよりも落ち着け」

時計を見て、本当だと驚いたような顔をしている。

「家出る時、ドタドタしてて時計見る時間無かったから絶対遅れたと思ってたよ。じゃあ、家に案内するね」

黄原の家は駅から十分くらい歩いた所にあった。

貴成の家のように the 豪邸という感じではないが、オシャレなデザインで結構大きく立派な家だ。

しかも、隣の家と調和して更に洗練された感じになっている。

「カッコいいな。……隣の家と合わせたデザインなのは気のせい？」

「あー、隣の家も俺の家も親父デザインなんだよ。なんか昔からの友人で家建てる時期が重なったから、こんな感じになったらしいよ。家族ぐるみで仲良いしね」

「へー、すごいセンスいいな。カッコいい」

「黄原と言えば、有名な建築デザイナーだしな」

「そうですね。確か、海外からも注文を受けるほどの方らしいですし」

貴成と白崎に説明されて、なるほどと頷く。

これを見れば確かに納得である。

流石、黄原が攻略対象者なだけあるわ。

「家では、普通の親父だけどね。……じゃあ、家に入るけどさ。……先に謝っとく、ごめん」

思わず、は？　と言いそうになった俺らに構わず、ドアを開けた。

「姉ちゃん、ただいまーー」

家の奥の方から、走ってくるような音がして、女の人が顔を出した。

二十歳くらいだろうか。何故か酷く強張った顔をしているが、黄原の姉なだけあり、華やかな顔立ちの美人さんだ。

挨拶しようと口を開いた時、いきなり出てきたお姉さんに手をガシッと掴まれて驚く。

「あ、あの」

一瞬、パニックになり慌てて声をかけるが、それには構わず今度は自分の頬を思いっきりつねった。

思わず、後ずさる。ごめん、意味わかんねえ。

ひきつった顔で彼女を見守っていると、ポツリと呟く。

「痛いわね、……うん、痛い、夢じゃない」

やがて、じわじわと顔の強張りがほどけ、満面の笑みになり、こう叫んだ。

「……存っ在したーーーーーー!!!!」

思わず、黄原の方を振り向く。

諦めたような顔で、小さくごめんと呟く黄原に思いっきり突っ込みたくなった。

お前、本当、家で何した。

幼なじみの必須スキル……？

数秒後、お姉さんは固まった俺らに気付いたように、恥ずかしそうに笑った。

「あら、やだ、私ったら。智之の姉で咲《さき》っていいます。よろしくね」

にっこり笑って挨拶してくれる姿は上品だが、先程の印象が強すぎる。

「ど、どうも、はじめまして。篠山正彦です」

「白崎優斗といいます。弟さんにはいつもお世話になってます」

「……赤羽貴成です。本日はお邪魔させていただきます」

挨拶を返すと、また嬉しそうに顔がほころんだ。心なしか、涙まで滲んでいるような気がする。

「……やだ。中身も普通に良い子そうじゃない」

「姉ちゃん、そろそろ家に。……姉ちゃん、聞いてる？」

黄原の声かけにも反応がない。

どうやら、黄原は役に立ちそうにないし、感極まってしまった様子の彼女に、どうすればいいのかと目配せしあっていた時、家の中から声がした。

「咲姉ー、中入んないの？　智の友達来たんでしょ？」

見ると俺らと同い年くらいの女の子が立っていた。

薄く日焼けした肌にはっきりとした目鼻立ちの美少女で、ちょっと色素の薄い髪をポニーテールにしているのがとても似合っている。

「あ、そうね。ごめんなさいね。どうぞ、中に入って」

その子の声かけで、ようやく我にかえったらしく、慌てて家の中に案内してくれた。

とりあえずとリビングに通された所で、黄原が不思議そうに、

「夕美《ゆみ》、なんでいるの？」

と尋ねる。

すると、半目になって、

「せっかくの休日に、咲姉に一人で待つのが怖いって呼び出されて、ずっと励まして、このカオスをフォローするために残ってた幼なじみに対してそれなの、智？」

「マジすみませんでした」

「ふふふ、夕美ちゃんには迷惑かけちゃったわね、ごめんね」

呆れたようにため息を吐きつつ、こちらを振り返る。

「えーと、どうも。隣の家に住んでる、智の幼なじみで暁峰《あけみね》夕美っていいます。智と同じ高校に通ってます。同じ高校よね？　よろしく」

ペコリと頭を下げながら挨拶してくれた。

ああ、あの家族ぐるみで仲が良いお隣さんか。幼なじみと言うのも納得である。

……絵に描いたような美少女が智なんて、親しげに呼んでくれるくらい仲が良い幼なじみ。

……うらやましい限りである。いくら美人でも、男では潤《うるお》わない。

なんとなく、黄原が男に嫉妬されてた原因の一端が知れたような気がする。

しかし、……あまりに普通の対応に、思わず感動するな、これ。

白崎と貴成も同様のようで、ほっとした様子で普通に挨拶と自己紹介を交わしていた。

すると、俺らをまじまじと見つめてから、ぽつりと呟いた。

「……奇跡って起きるものなのね」

「ちょっと⁉」

「あ、冗談よ。一割は」

「九割本気だと……⁉」

黄原が地味にへこんでいるが、……家での評価が底辺這ってるな、コイツ。

「いや、だってさ、智のあの奇行で……ぶはっ」

突如として投げつけられたクッションが、暁峰の顔に当たり言葉が不自然に途切れる。

黄原の方に視線を移すと、クッションを投げつけた体勢で停止していた。

何やってんだ、コイツ。

案の定、怒った様子で黄原を睨んでいる。

「ご、ごめん。つい」

いや、ついじゃないだろ。

思わず呆れると、お姉さんが席を立ち、黄原の方に近づいた。

……気のせいだろうか、笑顔の威圧感がヤバい。

「あらー、智之、ついじゃないわよね。女の子の顔に何やってるのかしら？」

「いや、これは、その」

「駄目でしょう？」

「待っ」

にっこり笑顔のまま、黄原に手をかけたお姉さんは、とても自然な動きで黄原に関節技を極めた。

あー、ああゆうプロレス技見たことあんなー。

お姉さん、さっきの反応から、弟に過保護なのかなと思いきやそうでもないんですね。

カオス再びに固まる俺らに、暁峰は口を開き、

「外、そろそろ暑かったわよね。冷たいお茶持ってくるわねー」

目の前の光景をさらりと流した。

「流すの？　これ、流すの!?」

「え、ちょっと、黄原大丈夫なんですか？」

「え、あー」

「智～～？」

ちらりと、黄原とお姉さんに視線を向ける。

「ちょっ、マジすみませんでした、ギブ、ギブー!!」

「あらー、聞こえないわねー」

黄原は、結構せっぱ詰まった声を上げている。

「大丈夫、大丈夫。いつも通り」

「マジで!?」

ぽつりと、貴成が呟いた。

「……黄原の異様なまでのフェミニスト精神はこれか」

必死な黄原、笑顔のひきつる白崎、納得したような様子で遠い目をする貴成。

そんなものを横目で見て、にっこり笑って、暁峰は言った。

「楽しい家よね、この家。篠山君達が来て、更に賑やかで楽しい、楽しい」

さっき内心で下した評価を撤回する。

美少女だけど、普通の子かと思ったが、そうではない。

天下一品のスルースキルの持ち主である。

なんと言うか、本当にもう。

黄原、もう少し、情報提供しろや。

状況説明です

「ごめん、咲姉。お菓子、どれ出していいの？」

とてつもなくマイペースにお茶をいれて来た暁峰のその言葉で、黄原姉弟のプロレスはようやく終わった。

「あ、そう言えば、仕上げだけ終わってない状態だったわね。ごめん、夕美ちゃん、いや、智之手伝って」

「え、なんで俺？　来てるの俺の友達なんだけど」

「ハンドミキサー、さっきから調子悪いのよ。生クリーム緩く泡立てるだけでも、男の方が早いでしょ」

そう言われると、仕方なさそうな顔して立ち上がった。

「ごめん、ちょっと手伝ってくるね〜。くつろいでて」

黄原姉弟がリビングから出ると、暁峰が飾り棚から写真立てを持ってきた。

なんだろうとそれを見ていると、にっこり笑って、

「状況説明をしようと思ってさ。さっきの様子だと、あいつ言ってないみたいだったし。気になるでしょ、咲姉の異様な喜びの理由とか」

と言った。

それって、あの挨拶練習とかの話だよな……。

家に誘われた時も思ったけど、あまり広めたい話ではなさそうだけど。

そう思って、暁峰の方を見ると、視線や表情でわかったのか、

「いや、智のプライドより、そこの二人の意味不明感を少しでも取り除いてあげた方がいいでしょ。もう、家に呼んじゃった時点でしょうがないって諦めるべきだから」

と言った。

思わず深く頷いて同意する。いや、改めて考えると、白崎や貴成からしたらものすごく意味不明だしな。

そして、手元に握りこんだ写真立てを見下ろしてから話し始めた。

「今はなんとか取り繕ってるかもしれないけど、智ってさ、元々ものすごく人見知り激しいのよね。慣れない人だと、緊張しちゃって、何にも話せなくなるくらい。そのせいで、それがもっと激しかった幼稚園の時に、女の子たくさん泣かせちゃって。それに怒った咲姉の指導によって、今では女の子相手ならどうにかなるんだけど、男子相手は今でも駄目で。しかも、女子モテもスゴいもんだから、男友達がずっといなかったのよね。……んで、高校こそはって思ったみたいなんだけど」

写真立てをひっくり返して、俺たちに見せた。

「中学生の智です」

黒髪の爽やかなイケメンがそこに写っていた。チャラさなんてどこにもない、いっそ真面目そう

な容姿。

今の茶髪で、軽そうな容姿とは驚くほどかけ離れていた。

高校デビューとは知ってたけど、え、ここまで⁉　つーか、こっちの方が親しみやすそう！

「……ずっと、真面目だったのに、高校受かった直後に茶髪にしてさ。まあ、この時点でかなりびっくりしたんだけど、普通に高校デビューかなと思ったのよね。……でもさぁ」

深い深いため息が漏れた。

「鏡の前でひたすら百面相、十時間。誰もいない部屋で、ひたすら挨拶し続ける。もしくは、口調を変えるためなのか知んないけど、ハイテンションで喋ってる。チラシの裏に、友達が出来た時のあだ名候補をひたすら書いてある。もっとオシャレにって、ファッション雑誌読んで、結果的にチャラ男になる。友達が出来た時に行くために、ありとあらゆる場所を一人で行ってみる。……私、ゲーセンの二人用ゲームを一人でやるのは違うと思うの」

遠い遠い目でつらつらと語ってから、大きく息を吐いて続けた。

「以上、智の家と私の家で共有された奇行の数々でした。……努力は認めるけど、努力の方向が明後日過ぎんのよ、あの馬鹿！」

ちょっと沈黙が降りた。

挨拶は知ってたけど、そっか、他にもあったのか。そういや、すぐに呼ばれたな、あのあだ名。用意してたのか。

白崎を見る。とても優しい目をしている。

貴成を見る。滅多に見ないような穏やかな顔だ。

俺も頷く。黄原、お前、残念過ぎんだろ！

「……咲姉の異様な喜びの理由がわかったかなと思うので、智のフォローし、ちょっとだけするわね」

俺らの顔を見て、クスクス笑っていた笑顔が曇ったような気がした。

「智がさ、あそこまで必死に友達づくりしようとした切っ掛け、多分だけど、一部は私なのよね」

写真立てをいじりながら、少し苦笑する。

「さっきも言ったみたいに、智の人見知りってひどかったからさ、中学の終わりまで殆ど私といたのよね、アイツ。私も、手が焼ける弟みたいに思えちゃってたし。だけどさ、んー、智って一応見た目はイケメンだから、モテるのよね。そしたら、私のこと気にくわない人もいるわけでして。嫌み言われてる時に、智とかち合っちゃったのよ」

……それは、キツいな。

「まあ、私、智と違ってコミュ力普通だから、友達とかもいっぱいいたし、嫌いな奴に何言われようと気にしないから問題無いのよ。だけど、それ以来、学校じゃ徹底的に避けられて、あの明後日な努力しまくり。本人否定するんだけど、ちょっとあれのせいかなって思っちゃうのよね」

……だろうな。

黄原は大事な人が自分のせいで理不尽な目に遭うのを放っておけるような性格ではない。

暁峰に頼らずにいいように頑張ったのだろう……、やった行動は残念だけど。

「高校でもそれが続いてたから、友達づくりどうなってるか、わかんなかったのよね。でも、普通に仲良さそうな友達できてて良かったわ。それに」

俺の方を見てニヤリと笑う。

「篠山君辺りは、智の残念なところ結構知ってたみたいだし。安心して保護者任せられるわ！」

「おい、保護者て」

「いや、私のポジションは保護者でしょ。ま、と言う訳で、私は名実共に保護者卒業って訳でして。さっきの話でわかったと思うけど、行動と言うか思考回路は死ぬほど残念だけどいい奴だから。智をよろしく。じゃあね～」

明るく笑って、手を振りつつ立ち上がる。

何か言いたいような気もしたが、上手く言葉に出来ず、とりあえず別れの挨拶を返そうとした時、

「別によろしくされる謂れはない」

貴成が素っ気なく言いきった。

暁峰の動きが止まり、なんとも言えない表情になった。

白崎も少し驚いた顔をしている。

それを気に留めず話を続ける。

「暁峰が黄原と普通に関わればいい話だろ」

暁峰の硬直が解けた。

なんとなく、慌てた様子で口を開く。

「いや、でも、避けられてるし」

「俺らで、押さえられるぞ」

「いや、でも……」

少し口ごもってから、小さな声で言った。

「……私はもういらないでしょ？」

寂しげなその言葉に、ようやく納得した。

ああ、そうか。暁峰の話を聞きながら感じていたのはこれか。

明るく話す時も、暁峰はずっと寂しそうだった。

貴成が小さくため息をつく。

「……これは、俺の話になるんだが。小学生の頃、友人が俺のせいで理不尽なことを言われているのを見て、そいつから距離をとったことがある」

暁峰がちょっとびっくりした顔をする。

……黄原と同じだな。

「……そうしたらな」

貴成が俺の方をジロリと見てきた。

え、何？

「そんなのお構い無しに、家に突撃されて、学校ではいつも以上に構い倒されて。それが余計に申し訳なくなって、言ったんだ、俺と一緒にいたら迷惑じゃないのか、と。そうしたらな」

深い深いため息と共に再び口を開いた。

「『え、お前、そんな可愛いらしい性格してたの。初めて知ったわ』と、笑い飛ばされてな」

俺の方を見ながらの言葉に、ちょっと視線を逸らすしかない。

そう言えば、ありましたね、そんなこと。

「……まあ、そんな奴と十年以上付き合ってきた俺の言葉だが。黄原が気にするのは、仕方ない。そのために努力するアイツがいい奴なのも分かる。でも、暁峰が気にしてないのなら。寂しいと感じるなら。笑い飛ばしてやればいい話だろ」

貴成の話を聞いて目を丸くしていた、暁峰の表情がだんだんと緩み、やがて、ぷっと吹き出した。

「それもそうね」

軽やかに笑いながら、再び立ち上がる。

「んじゃ、そのうち、突撃しに行くから、また、今度ね！」

そう言って、軽やかに出て行った。

そして、途中からずっとクスクス笑ってる白崎を振り返る。

「……なんで、そんなに笑ってんの？」

「いえ」

笑いを止めることなく続ける。

「二人は本当、仲が良いですね」

はいはいと適当に返事を返す。

その時、リビングのドアが開いて、ようやく黄原が顔を出した。

「ごめん！　姉ちゃんがはしゃぎまくってお菓子更に増やすの止めてたら、遅くなった。……今さらだけど、甘いの平気だよね？」

三人でなんとなく顔を見合わせて、笑って答える。

「うん、大丈夫、大丈夫。それよりさ、黄原、夏休み中どっか遊びに行かね？　予定確認しようぜ。俺、ちょくちょく短期バイトいれてんの」

「マジ!?　行く行く！　えっと、俺の予定は……、なんでみんな笑ってんの？」

「なんとなくですかね」

「なんとなくだな」

俺も笑って同じ答えを返す。

「うん、なんとなく」

女子は強かです

「篠山、そっちの金槌取って」

「おー」

トンカントンカンと音がする。

今日は夏休みに登校しての文化祭準備の日だ。

うちのクラスは前決まった通りに喫茶店なのだが、コンセプトが近未来風ということで、いろいろな飾り付けを行う。

時間が沢山ある、かつ、人数が多いということで、ものすごい本格的だ。

機械的な置物を作ったり、ピタゴラスイッチのような仕掛けを作ってみたりといろいろとやってる。

正直、めちゃくちゃ楽しい。

いや、今年の夏休みは、黄原達といろいろな所に遊びに行ったり、短期のバイトで稼いだりと、かなり充実しているな。

メタリックな塗装が施された飾り板に仕上げの飾りを施そうとするが、必要なテープが足りない。

「おーい、銀色のテープ何処やった？」

「ん？　ああ、確か看板班のヤツらが持って行ってたぞ」

「了解ー」

確か、中庭の方でやってたな。

取ってこよう。

小走りで移動して中庭に向かう。

中庭で作業してた黄原が真っ先に気付いて、手を振ってきた。

「ヤッホー、どうしたの？　篠やん」

「備品取りにきた。銀色のテープってここにあるよな？」

「あ、あるよ。ちょっと待ってて」

塗装やってたヤツらに声をかけて、テープを取ってくれた。

帰ろうとした時、黄原が思い出したように、もう一度顔を上げた。

「あ、篠やん、ごめん。さっき、塗装した板そろそろ乾いたと思うんだよね。そこまで大きくないから、ついでに教室まで持っていってもらっていい？　木に立て掛けてあるから」

なるほどと頷く。

教室の飾り付けに使っている板などは、銀色などのメタリックな色のスプレーを使って塗装しているため外でやっている。

量が多いため、一連のパーツずつ小分けにやって乾いたら、持って来てもらってるのだが、この場合は普通に俺がやるのがいいだろう。

「了解。あっちの大きい楓の木の方だよな」

「あ、篠山、そっち行くならついでにこれも持ってて干しといて」

クラスのヤツから、さらっと仕事を押し付けられた。

別に異論は無いが、一人で運べるギリギリの大きさだ。

うん、地味に大変そう。

「ＯＫ。……人使い荒いな」

「篠山、体力あんじゃん。いけるいける」

軽く流されて、苦笑しながら持ち上げる。

別に重さはそうでもないのだが、乾いてないスプレーに触れないように持って行くのに神経を使うのだ。

さほど遠くもない場所なのだが、運び終えた時にはちょっと手が痛くなってた。

周りのヤツらに知られたら、なんとなくカッコ悪いので、誤魔化すように手をぐるりと回す。

黄原が言ってた木に立て掛けてある板の方へ行こうとした時、ふと、違和感に気付いた。

木の葉っぱの隙間から、制服のチェック柄のズボンが覗いていた。

下に行って見上げると、木に腰かけて寝ているっぽい。

「……サボリか」

別段、咎めようと言う気は全くないが、場所がな。

ここにいられると、降りる時に乾かし中の板が危なそうだ。

心持ち大きな声で呼び掛ける。

「おーい、ここの下荷物とか置くから危ないぞ。悪いけど、今のうちに降りてきてくんねえ？」

上の方であくびの音が聞こえる。

数秒後、がさがさと音がしたと思うと、すたっと地面にそいつが着地した。

おおっ、殆ど音もしない。運動神経良いな。

着地の仕方に感心しつつ、視線を上の方に移してちょっとびっくりした。

珍しいなあ。

そいつの髪は、実に派手な明るい金髪だった。

眉毛とかは黒いから染めてるんだろうが、うちの学園はお金持ち学校なだけあり、堅い家柄のヤツとかもけっこういる。

そのため、校則は割りと緩いのだが、そこまで派手な髪色にするヤツはあまり多くない。

けっこうチャラい見た目な黄原も髪色はせいぜいライトブラウンといった感じだ。

まあ、顔がいいせいで、無駄に似合っているが。イケメンは得である。

そいつは再び大きくあくびをすると、

「悪いな」

とだけ言ってさっさと歩いていってしまった。

なんかちょっと引っ掛かるものを感じたが、ま、いっかとそいつのことを流して板を持って教室に向かう。

一年生の教室の辺りに差し掛かった時、声を掛けられた。

「あ、篠山君じゃない。久しぶり！」

振り返ると暁峰が立っていた。

夏休みの始めに黄原の家に行って以来である。

友達と一緒に荷物を運んでいたようで、両手に荷物を持っている。

「あ、久しぶり。そう言えば、黄原とはどんな感じ？」

無事、仲直りは出来たのだろうか。

「ああ、大丈夫。事情は深く説明せずに、咲姉巻き込んだから。智に勝ち目ある訳ないわよ」

クスクス笑いながらの答に、ちょっと遠い目になる。

あのお姉さんはなかなかに強烈だった。

あれを相手にしたら、黄原に勝てる訳は無いだろう。

しかし、吹っ切ったら、すぐにその行動とは。けっこう強かだな。

すると、近くにいた女の子がわくわくした感じで声をかけてきた。

「ねえねえ、仲良さそうだけど、どういう関係？」

呆れた顔で暁峰がその子を振り返る。

「馬鹿言わないの！　幼なじみの友達よ」

「なんだ。クラスのマドンナに、彼氏登場だと話題性充分だと思ったのに」

「……あんたに言われてもねえ」

暁峰がなんか微妙そうな顔をするが気持ちはなんとなく分かる。

その子は暁峰に負けず劣らずの綺麗な容姿をしていた。

下の方で二つに纏めた髪などは真面目そうな印象なのに、表情や興味深そうに輝く目から茶目っけのある印象を与える。

「ふふ、ごめん、ごめん。どうも、私は、染谷凜《そめたにりん》って言います。はじめまして」

「あー、はじめまして。篠山正彦って言います」

すると、ふと思い出すような顔をして首をかしげた。

「篠山って特待生の？」

「そうだけど」

答えると、キラキラした目で見られて、ちょっとたじろぐ。

「おおっ、あのすごく頭良い特待生の篠山君か！　初めて見たよ。もっと、真面目！　な子だと思ってた！」

そう言って褒められるが、ちょっと疑問だ。

「えっと、成績とか特待生とか何処で知った？　学園公表してないよな？」

うちの学園は成績の張りだしとかは一切行わないし、特待生とかも基本的に言うことはない。

学園側の配慮だろうな。

「ああ、私も一応特待生だもん。先生との面談の時、特待生で一番成績良い人って言ってたから、覚えてたんだ。すごいよね。私、風紀委員やっての内申点補填有りでギリギリだよ」

「あー、なるほど」

うちの学園の特待生には、幾つか種類がある。

よくある学業面かスポーツ面で優秀というものと、もう一つ。

学園貢献というものだ。

中学校でそれなりの成績取って、猶かつ、高校で学園に貢献する何かをやって内申点を稼ぐというもので、他の特待生よりけっこう成績とかに融通がきく。

そのぶん申請が大変だし、かなりの勢いで雑用に駆り出されるらしいが。

因みに、俺は無難に学業面での特待生だ。

「へー、そんなに頭良いんだ、篠山君」

「そんなでもないと思うけど」

俺は前世からの積み重ねと言うズルがあるが、貴成はそんなもん無しに俺よりもすごい。

ああ言うのを本当に頭良いと言うと思う。

「あはは、なるほど。あ、そう言えば、黒瀬見なかった？」

「黒瀬？」

「あ、そっか、知らない？　明るい金髪の男子。同じクラスなんだけど、授業あんまりにサボるから成績はいいけど追試らしいのに、消えちゃって先生探してるんだよね」

「あー」

思わず声が漏れた。

やたらとキラキラしい顔。派手な見た目にちょっと引っ掛かったが。黒瀬……、名前に色が入ってる。

攻略対象者か！

「あ、どっかで見た？」

「……さっき、裏の大きい楓の木の所で昼寝してたぞ」

「あ、ありがとう。荷物置いて、探してくるね」

今にも駆け出しそうなその姿に、思わず訊ねる。

「わざわざ探してやるのな」

「んー、なんかこれ以上、先生怒らすと黒瀬大変そうだし。それに」

力を込めてこう言った。

「先生にアピールして内申点稼がなきゃ！」

あまりにきっぱりと言い切るので、なんか逆に清清しいな。

「じゃあね、ありがと！」

さっさと、手を振って行ってしまった染谷を、暁峰が呆れた感じで追いかけて行った。

うん、なんかすごい子だったな。

ちょっと、苦笑いしてから、教室に急いだ。

今日は出会う日です～桜宮視点～

あちこちで、金槌やミシンの音が響く中を、私は両手にテーブルクロスを持って走っていた。

この文化祭とかの独特の雰囲気が好きだ。

クラスの子がデザインしたカッコよくてお洒落なデザインのテーブルクロスを見るとわくわくする。

私はあまり器用な方ではないが、ハサミで布を切ったり、こうして物を運んだりといった面で頑張ろうと決めている。

教室に着いて、声を掛けながら、ドアを開ける。

「すみません、テーブルクロス持ってきました！」

すると、たまたま手が空いていたらしい白崎君が受け取りに来てくれた。

そのまま手渡す。

教室内は組み立て途中の物が置かれていて、蹴《け》って位置をずらしてしまったら大変だから、なるべく入らないようにしている。

「ありがとうございます」

にっこり笑ってお礼を言ってくれる。

いえ、と言いながら笑いつつ、ちょっとときめく。

……ミーハーと言ってもいいです。イケメン好きなんですよ。

篠山君に言われてから、乙女ゲームの設定どおりに物事を押し付けていくのは止めたが、イケメン観察して普通に仲良くくらいは許されるはずです！

「テーブルクロス届きましたよ」

「おー、サンキュー。模様見せて」

「……ほら、やっぱ、模様もっと細かいじゃん。教室全体で合わせるなら、壁の装飾もっと細かくした方がいいって」

「逆に、テーブルクロスが細かいのである程度簡略化しても大丈夫じゃないでしょうか？」

皆、真剣に作業している。

すごいなあ、と思いながら、教室を見渡すと赤羽君が真剣に作業しているのを発見する。

……やっぱ、カッコいいなあ。

王道の王子様系のイケメンで、正直、タイプど真ん中だ。

ふと、その横で作業してた男子が顔を上げた。

……篠山君だ。

……楽しそうに作業するなあ。目がキラキラしてる。

最近気付いたけど、笑うとちょっと幼くなるのだ。

地味顔と言ったらそうだけど、勉強中とか真剣でキリッとした顔をしているし、笑うとちょっと可愛い。

なんだかボーッと見つめてしまって、ハッとする。

いけないい、早く作業に戻らなくちゃだ。

ドアを閉めて、ミシンとかを使っていた教室に向かう。

すると、途中ですごい音と、きゃあ、と言う声が聞こえた。

見に行ってみると、壁に立て掛けてあった段ボールが廊下に散乱しており、側で女の子が困った感じで立っていた。

……倒しちゃったんだなあ。

側に行って、声をかける。

「大丈夫？　戻すの手伝おうか？」

すると、その子が振り返った。

照れくさそうに笑いながら、口を開く。

「あ、ごめんね、ありがとう。……良かったら、お願いできる？」

その顔を見た時、思わず声を出しそうになって、慌てて押さえる。

暁峰夕美ちゃんだ！

夕美ちゃんは、黄原君ルートのライバルキャラである。

その性格はライバルキャラによくある嫌な人といった感じではない。

黄原君を心配して、いろいろと声をかけてくる、面倒見のいいキャラだった。

ヒロインに対してもいろいろと試すようなことを言うが、最終的に応援してくれる。

『智のこと分かって好きでいてくれたみたいで安心した。こんなこと、私が言うのは変かもだけど、智をよろしくね』

最後にそう明るく笑い、去って行くシーンは感動した。

割りと人気のあるキャラで、私もけっこう好きだった。

せっかくだから、会いたいなあと思っていたけど、初エンカウントです！

「……どうしたの？」

「あ、ごめん。なんでもないよ。戻そっか」

ちょっと行動停止してしまっていたようで、訝しげに声を掛けられた。

慌ててごまかして、片付けに入る。

戻すと、かなり大量の段ボールが廊下の半分近くまであった。

これは倒しちゃうかもなぁ。

戻し終わって、ふう、と息をついた時、くう、とお腹がなった。

思わず顔が真っ赤になってしまう。

いやぁ！　恥ずかしい！

違うんです。お昼近くだし、ちょっといつもよりもよく動いてたし、近くでどっかのクラスがメニューの試作品作ってるみたいでいい匂いするからで、食いしん坊と言う訳じゃないんです！

夕美ちゃんは、私の真っ赤になった顔を見ると、クスッと笑って、自販機とベンチのある方を指さした。

「手伝ってくれてありがとね、アイスおごるわ」

「いえっ、大丈夫です！」

「そう？　私、すっごいアイス食べたい気分なんだけど、一人じゃ寂しいの。お願い、付き合ってくれない？」

笑顔で手を合わせてお願いされて、思わず頷く。

クスクス笑って、良かった、と言う姿は私よりもずっと大人っぽい。

茜坂先生は年上だし、お色気キャラだからと思っていたけど、このライバルキャラの大人っぽさは何？

私が子どもっぽいの？

自販機のアイスを買って、二人でベンチに座って食べる。

一口かじって思わず、頬をほころばせてしまった。

やっぱ、暑い季節にアイスは美味しいなあ。甘い物大好きである。

同じように、アイスをかじっていた夕美ちゃんが口を開いた。

「そういや、まだ名前聞いてなかったわね。私は、二組の暁峰夕美って言うの。あなたは？」

「あ、七組の桜宮桃です。よろしく、暁峰さん」

「夕美でいいわよ」

「あ、じゃあ、私も桃でお願い。夕美ちゃん」

「ん、了解」

名前を呼んだら嬉しそうに笑ってくれた。

ひょっとして、お友達になれる感じかな。

嬉しくなって、こっちも笑うと、声を掛けられた。

「あれ？　夕美、サボり？」

振り返ると、長い髪を下の方で二つに纏めた女の子が立っていた。

腕に風紀の腕章と、バインダーを持っている。

不良キャラの黒瀬啓君ルートのライバルキャラ、染谷凛だ。

夕美ちゃんと仲良かったんだ。

「息抜きよ！　さっき、段ボール倒しちゃって困ってた時に助けてくれた桃に付き合ってもらってるの」

「そうなの？　可愛い子だね、よろしく。私、染谷凛って言います」

「あ、私、桜宮桃です」

明るく声を掛けられて、咄嗟に挨拶を返す。

原作では、内申点とか言って、黒瀬君に絡んできて攻略の邪魔だったけど、普通にしてたら良い子そうだ。

「凛、可愛い女の子にちょっかい掛けない」

「えー、可愛い子は愛でようよ。それは置いといて、倒しちゃった段ボールって何処？」

夕美ちゃんがちょっと離れた所の段ボールを指さすと、眉をひそめた。

「廊下の三分の一以上占める荷物置くのは禁止ってあったのに、ルール違反ね。何処のクラスだろ」

夏休み期間中の作業はどうしても先生が少なくなるので、生徒会と風紀委員が取り仕切っている。

バインダーの書類を覗きこんでそう言う姿にちょっとびっくりした。

仕事ちゃんとやってるんだあ。

いや、普通に考えてそうなのは分かってるんだけど、原作の内申点って言いまくってる姿を思い出すとね。

なんか意外な気がするのですよ。本当にお邪魔虫って感じのキャラだったし。

「ちょっと確認してくるわね。じゃあ」

そう言い残すと、さっさと行ってしまった。

原作と同じく忙しない感じである。

しかし。

「……黒瀬君か」

小さく小さく呟く。

この世界は、乙女ゲームの世界だけど、私達にとっては普通に現実である。

そう思うと、黒瀬君に関わるのは少し躊躇してしまうのだ。

……だって。

黒瀬君、攻略対象者の中で一番、事情が重いキャラだし。

二度目ましてです

文化祭準備も中盤に入ってきた。

着々と進んでいる準備にそれはもうテンションが上がる。

時間が空いた奴らは応援合戦やリレーなどの練習に移行して、体育祭の準備も進んでいる。

特に応援合戦などは、男子の多くが参加しており、一糸乱れぬ振り付けがカッコいい。

楽しそうなので、来年は俺もやりたい。

なんかもう、お祭りって感じで楽しくて仕方がない。

ちょくちょく他のクラスを覗きながら、荷物を運んでいると、言い争いのような声が聞こえてきて思わず眉をひそめた。

「ですから、荷物を廊下の三分の一以上置くのはルール違反です。他の生徒の迷惑になりますから、教室に置いてください」

「それくらいいいだろ。教室置く場所無いからあそこに置いてあんのに、出来る訳無いじゃん」

「……だったら、他の使ってない教室を申請してそこに置いてください。他のクラスはそうしていますよ」

「はぁ？　遠くなんじゃん。めんどくさいんだけど」

「つーかさ、あんたが融通利かせてくれればいい話じゃね」

「だよな」

うっわ、最悪。

どうやらルール違反を注意しにきた風紀委員の子に、無茶ぶりを言ってごねているらしい。

風紀委員の子は冷静に対処しているが、困っていそうだ。

口を出したいが、関係無いヤツが口を挟んだら余計に揉めそうだ。

どうしようかなと、考えていると、声がかかった。

「どうかしました？」

そっちの方を見ると長い髪を二つ縛りにした女の子が立っている。

この前会った染谷だ。

「あー、お前も風紀委員だよな。丁度いいや。この子がさ、一人じゃ融通利かせるなんて無理だって言ってるから、お前も言ってくれねえ？　二人ならいけんだろ」

「おー、そうだな。お前ら二人で言ってこいよ」

態度を改めることなく、更に無茶苦茶言ってくる男子達に、さっきから対応していた風紀委員の子が泣きそうになっている。

それをチラリと見て、納得したように頷いた染谷は口を開いた。

「……ルールの件に関してですね。わかりました」

「えっ！」

その言葉に風紀委員の子が驚いたような声をあげた。

男子達もニヤニヤ笑いだす。

「おー、お前は話わかんじゃん」

その言葉に、染谷はにっこり笑って返す。

「文化祭の審査点を引かせて頂きますね」

その言葉に、男子達は一旦ポカンとしてから、騒ぎ出した。

「はぁ!?　ふざけんじゃねーぞ！」

「ふざけるなと、言われても。ルール違反をして、直さない場合、点を引かせて頂くって、最初のルール説明で何度も言ったはずでしょう。これを決めたのは、学校の先生方なので、不満があるなら先生方にどうぞ」

その言葉に一旦詰まる。

この学校は、政界や会社経営者などと繋がりが深く、学校で馬鹿な騒ぎを起こすのはあまり得策ではない。

先生方にそんな馬鹿な要求をするとか、愚の骨頂だろう。

「出来る訳ねーだろうが！」

「はい。私達もあなた達と同じく言える訳無いんですよ」

もう一度にっこり笑った染谷は、次の瞬間、真面目な顔になって口を開いた。

「ルール違反の廊下の荷物は今日中に直しておいてください。次の日に直っていなかった場合、審査点を引かせて頂きます。私達が言えるのはこれだけです。荷物を移動する場所、申請に関してはこのプリントを参照ください」

バインダーからプリントを取り出すと、無理矢理手渡してぺこりと頭を下げた。

そして、隣にいた風紀委員の子に小さく、行こう、と声をかけて場を後にしようとする。

しかし、見てて思わず関心してしまった。

この前見た時は、明るく、少しふざけた感じだったが、すごくしっかりした子のようだ。

「……調子にのってんじゃねーぞ、この学校の寄生虫が」

その言葉に、立ち去りかけていた足を止める。

何言ってんだこいつ。

染谷は無視して立ち去ろうとしたが、風紀委員の子は思わずといった感じで立ち止まり声を荒げてしまっている。

「そんな言い方無いじゃないですか！」

「だって、事実だろ？　セコセコ内申稼がなきゃいけないんだって？　特待生さーん。俺、絶対無理だわ。そんな、あちこちにすり寄ってまで、恥知らずな真似すんの」

「だよな。俺達の金で学校通えてんのに、なんで俺達に口答え出来んの？」

どうやら、染谷が学校貢献での特待生であるのを当て擦っているようだ。

本当に最悪だな、コイツら。

見ているだけで、腹が立ってきた。

もう、揉めそうとかそういった状況じゃないので、口を挟もうと思い、口を開こうとした時、

「邪魔」

めんどくさそーな声が掛けられた。

見ると、ド派手な金髪。整った顔。

この前出会った攻略対象者、黒瀬だ。

不機嫌そうな顔をしている。

「聞こえねー訳？　こんな所に突っ立ってると邪魔だって言ってんだけど」

教室の入り口の所で騒いでた男子達に、冷たく吐き捨てる。

男子達はたじろいだように、押し黙った。

染谷は黒瀬を見て、不思議そうに首を傾げて口を開く。

「黒瀬、三組に用なんてあった？」

「……木の上で寝てたら物落としたから、拾いにきた」

「……また、サボった訳？」

「なんか文句でも？」

不機嫌に睨まれた染谷は、全く気にしてない様子で返した。

「いや、勿体ないなぁと思うだけだよ」

どことなく呆れた様子で染谷が呟く。

黒瀬にびびった馬鹿共が、立ち去りながらこう呟いたのが耳に入った。

「困ったら男頼りか、ビッチ」

咄嗟に、そいつらの方に行こうとするが、荷物が邪魔だ。

その時、氷のように冷たい声が響いた。

「……ダサ」

黒瀬の方を見ると、そりゃあもう見下しきった顔でポツリと呟き続ける。

「親の金で威張り腐って、挙げ句の果てにその捨て台詞な訳か？　ダサいな」

その言葉で完全に心が折れたらしい馬鹿共は、足早に逃げていった。

興味が失せたようで、そちらの方を見向きもせず、教室の中に入り、落ちてたイヤホンを拾う。

周りの視線には我関せずといった感じだ。

「黒瀬、ありがとねー。あと、サボるのやめなね」

染谷がそう言って声をかけるが、ガン無視して立ち去っていった。

……なんか凄かったな、多分俺が口を出すより綺麗に終わった。流石は攻略対象者という感じか。

染谷の方を見やると、やたらと申し訳無さそうにしてる風紀委員の子に、軽く笑って何かを言うと手を振って別れて、くるりと振り返った。

パチリと目があった。

「あれ、篠山だ！　こんにちは！　二度目ましてだね」

にっこり笑って挨拶。前会った時と何も変わらない明るい態度だ。

「あーこんちは。……えっと、大丈夫か？」

「あ、見られちゃったか、恥ずかしいなぁ。昔から、貧乏だのなんだのでちょくちょくあるから慣れてるよ」

その言葉にちょっと眉をよせる。

それを見て、染谷が苦笑しながら、口を開く。

「心配しなくっても、大丈夫だよ。夕美とか仲良くしてくれる人たくさんいるし、さっきは黒瀬も助けてくれたしね」

その言葉に、さっきの黒瀬と染谷の会話を思い出す。

周りがそれとなく黒瀬を遠巻きにしている中、染谷は気安い感じでしゃべっていた。

「染谷って黒瀬と仲良いの？」

黒瀬は攻略対象者だと思うのだが、ひょっとして既に染谷と付き合っていたりするのだろうか。

そう聞くと、染谷は明るく笑って、こう言った。

「いや、全然。むしろ、すっごい嫌われてるよ」

……え。

「いや、さっき明らかに染谷のこと助けてたよな」

そう言うと、染谷はクスクス笑って、こう言った。

「黒瀬は金持ち内部生が外部生とかをいじめてるって構図が嫌いみたいでね。けっこうそういう時はあんな感じで内部生とかをやり込めちゃうよ。でも、さっきとかは、私を助けてるって気づいた途端に機嫌が明らかに悪化してたよ」

うーんと、それは、また。

「でも、まあ、いろいろひねくれてるけど、そこそこ良いヤツだって思ってるよ」

その言葉に、俺も頷いて返した。

「そうだろうな」

染谷の言葉をそのまま信じるなら、嫌いなヤツでも他のヤツと同じように助けたのだろう。

それって、けっこう難しいことだと思うしな。

俺の返答に、染谷はにんまりした。

「あ、じゃあ、風紀委員の仕事あるからまたね」

そう言って、手を振った染谷に、俺も別れの挨拶を返そうとしたが、ちょっと考えてこう言った。

「染谷」

「ん？」

「何か困ってたら、手伝うから」

まだ二回あっただけのヤツにこんなこと言われても困るだけかもしれないが。

前世で、貧乏だのなんだので嫌みを言われてたのを思い出すと、放っておけないのである。

すると、染谷は目をキラキラさせてこう言った。

「マジ!? じゃあ、ノート見せて、ノート。なるべく全教科お願いしたい！　あと、参考書もあったら、是非貸して！」

「……おう」

怒濤の勢いでこられてちょっとびっくりした。

「いや、本当は初めて会ったときから、お願いできないかなと思ってたんだけど。まさか、篠山から言ってくれるとは。本当、今日はついてるね」

実に嬉しそうな染谷を見て、なんというか、実に強かなんだなと感じた。

少し不思議に思いました

「……うっわ、やらかした」

教室の床、そして、窓の下の地面に広がったプリントの白が目に痛い。

何が起こったのかと言うと、手に持った荷物でプリントの山を崩したのである。しかも、その瞬間風が吹いたのも悪かった。

結果、プリントは外にまで飛ばされ、盛大に散らばっている。この教室、二階なのが更に辛い。

取り敢えず教室のプリントを近くにいたクラスメートに頼んで、急いでプリントを取りに向かう。

また飛んだら非常にまずい。

教室の下の所に到着して、目を見開いた。

「……あれ？」

飛び散ったはずのプリントが無くなっている。

え、まさか、もう飛んでっちゃったのか……⁉

ヤッバ、どうしよう⁉

一人で思いきり焦っていると、横から声をかけられた。

「これ、お前の所の？」

そっちの方を向き直って、ちょっと驚く。

派手な金髪は見間違いようが無い、黒瀬だ。

そして、その手に持っていたものを見て、更に驚いた。

「あ、プリント！　……ひょっとして、拾ってくれた？」

ダルそうな表情は変わらないが、ちょっと肩をすくめる。

「木の上で昼寝してたら、顔に飛んで来たんだよ。飛びそうだったから、拾った。多分、全部だと思うけど大丈夫か？」

慌てて受け取ってから、プリントの種類を確認した。

落としたプリントの種類は全部ある。

周りを見渡しても無いから、恐らくこれで全部だろう。

「うっわ、マジでありがとう！　黒瀬、めっちゃ良いヤツ！」

けっこうな数が有ったのに拾ってくれるとは。

誰も居なかったから見て見ぬ振りで行ってしまえば良いのに、本当に良いヤツである。

「……なんで名前知ってんの？」

その声で顔をあげると、微妙な顔をしていた。

……そういや、ちゃんとした会話では初対面か。

「染谷に明るい金髪のヤツがいたら、黒瀬だって言われてな。俺は、篠山正彦。よろしく」

そう返すと、非常に嫌そうな顔で、

「染谷の知りあいか……」

と呟いた。

なんとも、苦虫を噛み潰したような顔をしている。

しかし、名前聞いただけでこれとは、染谷が言ってた嫌われてる発言マジか。内心驚きながらも、
ニカッと笑って続ける。

「おー、良いヤツだって言ってたぞ！　本当だったな、ありがとな」

「あっそ。それで？」

その言葉にちょっと首を傾げる。

「お前は何狙いな訳？　染谷と一緒で内申点？」

「え、いや、普通にお礼言っただけのつもりなんだけど」

皮肉げに言われた言葉に間髪容れずに返すと、黒瀬が目を瞬かせた。

それにちょっと首を傾げながら、また口を開く。

「プリントわざわざ集めてくれてありがとな。めっちゃ助かった！」

そうすると、ちょっと呆れた顔してから苦笑する。

「それと、染谷も普通に心配して色々言ってると思うぞ。……内申点は狙ってるだろうが」

「……ほぼ、それだけじゃねーのか、あれ」

「いや、ちょっと強かなだけで、心配はしてる……はずだぞ」

「はず……ねえ」

この前の嬉々としてノート頂戴と言ってきたことを思い出して、ちょっと付け足すと、呆れた顔で返された。

うん、染谷、すまん。お前のあれはちょっと強烈すぎる。

「……ま、いーや。気を付けろよ」

黒瀬はそう言うと、さっさと歩き出してしまった。

その背中に、

「黒瀬、じゃーな、本当にありがとうな」

と声をかけたが、無反応でそのまま行ってしまった。

一人になって、思わず、なるほどと頷く。

確かに、染谷の言ってた通りに、ひねてるけど良いヤツである。

つーか、攻略対象者って確か六人だったけか。

まだ、会ってないのは後一人だけど、攻略対象者ってなんか皆良いヤツっぽいな。

まあ、嫌なヤツ相手に恋愛とかしたくないから当たり前かもしれないけど。

「おーい、篠山、大丈夫だったか？」

上を見ると、教室の窓からクラスメートが首を出して声をかけて来ていた。

「あ、ありがとうな。すぐ、戻るー」

返事をして、急いで教室に向かった。

まあ、攻略対象者に関わらないなんて、もうどうでもいいし。

黒瀬とも仲良くなれるといいな。


そんなこんなで作業をして、気付くとお昼頃だった。

授業のように時間が決まっているわけではないが、熱中症とかの予防の為にお昼休憩だけはしっかり取るように言われている。

弁当とかを取りに教室に向かうと、黄原達にばったり会った。

「あ、篠やんだ！　お昼一緒に食べよう！」

「おー、どの辺で食べる？」

「なるべく涼しい所にしろ。白崎がキツい」

「……大丈夫ですよ？」

「いや、大丈夫じゃねーだろ。ちょっと乱雑だけど、教室の隅でいいか」

「そうだねー。白っち、食欲無くてもちゃんと食べなよー」

「……すみません」

ちょっと申し訳なさそうな白崎に気にすんなと言って、教室の隅の比較的空いている所に座る。準備の関係上、机や椅子はどかしているので直接床だ。

しかし、白崎は変な遠慮するんだよな。

しかも、一緒に昼飯取るようになってから分かったことだが、食欲無いとすぐに飯を抜く。道理で、体調悪そうだった時に昼飯の誘いを断っていた訳だと納得したが、体弱いのに何やらかしてるのだと、知った瞬間呆れた。

貴成や黄原もだが、変な所で面倒臭い。

そんな感じで、しゃべりながら飯を食っていると、ガラリとドアが開く音がした。

クラスのヤツが帰ってきたのだろうと思ったが、ドアの方を向いて座っていた黄原がちょっと驚いた顔をしたので、気になって振り返り成る程と頷く。

「あ、智、いた。ちょっといい？」

暁峰が手に大きな包みを持ってそこにいた。

俺らの方を向いて、にんまりして見せる。

どうやら、宣言通りに突撃しに来たらしい。

こっちもにんまりして返していると、後ろから染谷が顔を覗かせて、どうもと言った。染谷も来てたのか。

「咲姉からの預かりものなの。皆で食べなさいだって。ゲテモノ系ではないから安心してね」

俺らの所まで来て包みを広げて見せた。

中には、普通の物からデザート系までさまざまな種類のサンドイッチがぎっしり詰まっている。

おお、うまそうだ。正直、食べ盛りの男子高校生には、飯はどれだけあっても嬉しい。

「あ、ありがとう。皆で食べるよ」

黄原は気まずそうにそう言ったが、暁峰が自然にその場に座ったのを見て更に微妙な顔をした。

「えーと、夕美、教室戻んないの？」

「これ、私のお昼でもあるんだけど、ご飯抜けと？」

その言葉に、ちょっと困った顔で口ごもる黄原に、暁峰が静かな声で訊ねた。

「……それとも、私と一緒にいるの嫌？」

「いや、それはない！」

間髪容れずにそう返してから、

「……ないんだけど」

と再び口ごもる。

それを見た暁峰がちょっとホッとした顔で、

「じゃ、問題無いわね」

と言って笑った。

黄原の肩を軽く叩く。

どうやら、この幼なじみの間の問題はどうにかなりそうである。

暁峰がこっちを振り返ってから、ちょっと気まずそうな顔で、

「事後承諾で悪いんだけど、お昼一緒でもいいかしら？　友達も一緒なんだけど」

と問いかける。

俺らが軽くいいぞと返すと安心したように息をついた。

ちょっと緊張してたらしい。

白崎がにっこり笑いながら、染谷にはじめましての方ですかね？　と問いかける。

「あ、そうそう。智は置いとくにしても、さすがにこのイケメンの中に女子一人はヤバいかなと付いて来てもらっちゃったのよ」

「どうも！　サンドイッチ目当てで付いて来ちゃいました。夕美の友達の染谷凜です。よろしく！

篠山は一昨日ぶり」

染谷が明るく挨拶した。

白崎達が挨拶を返すのと一緒に俺も挨拶を返す。

「おー、一昨日ぶり。つーか、サンドイッチ目当てとか堂々と言うのな」

「あ、目当てはそれだけじゃなくて、篠山にも会いたかったよ」

にっこり笑いながらそんなことを言われて、ちょっとびっくりする。

白崎とかもちょっと興味深そうに見ている。

「ノート貸してください」

両手を差し出してのその言葉に、暁峰が呆れた感じで染谷を軽く叩いた。

うん、そんなことだと思った。

「ちょっと、もうやらかしたの？　せめて仲良くなってからって言ってたのに」

「あ、いや、言い出したのは一応俺だし大丈夫だぞ」

呆れた感じで呟いた暁峰に一応ながらフォローを入れる。

しかし、ノートか。

ちょっと待っててと断ってから、廊下のロッカーにノートとかを取りに行く。

持ってきたノートや参考書とかを手渡した。

「取り敢えずで、数学と英語。こっちは、近所の兄ちゃんにもらった古い参考書だけど、結構分かりやすかったと思うぞ。求めてんのがどれくらいか分かんないけど、今確認して貰ってそれで大丈夫そうなら他のも貸すが」

言ってから、染谷が停止しているのを見て、ちょっと首を傾げる。

え、何か変なこと言ったか、俺。

「おーい、染谷？」

「……すぎんだけど」

「は？」

ぼそりと呟かれた言葉に聞き返すと、ノートを見下ろしていた顔を上げて叫んだ。

「篠山良いヤツすぎんだけど！　え、何、いっつも、こんなのなの!?」

「「「そうだぞ（だね）（ですね）」」」

貴成達から何故か即答で返ってきた返答にちょっと首を傾げるが、それよりも、おい、ちょっと待て。

「貸してって言ったのそっちだよな!?」

「いや、そうなんだけど、そうなんだけど！　こんな嫌な顔一つせずに、丁寧に対応してもらえると、びっくりするって言うかね！」

驚いた顔をしながらもぱらぱらとノートをめくる染谷に、微妙な顔になっているのを自覚しながらも口を開く。

「あのなぁ、大変そうなヤツに簡単なお願いされたら普通に応えるぞ。特待生って色々規定あるの知ってるし、風紀委員の仕事大変そうだろ。困ってたら、助けるって言ったの俺だし、やるぞ、これくらい」

再び固まったと思ったら、照れ臭そうに笑って、

「……ありがとう」

と返した。

それを見て、良かったな、と思っていると、

「あ、じゃあ、他のもお願いします。今見たらめっちゃ綺麗で分かりやすい！」

殊勝な表情など一瞬で消え去って、キラキラした目でお願いされた。

「……了解。次は、古文と化学でいい？」

「本当にありがとう！　篠山、大好き！」

「うわ、軽っ」

「そんなこと無いわよ、ノートの分だけ重さがある！」

「やっぱり軽いじゃねーか！」

「いや、それでも本当にありがとう！　大好き！」

「あー、はいはい、ありがとうな」

そんな風に染谷とぎゃいぎゃい騒いでいると、また教室のドアが開いた。

何気なく振り返ると桜宮が立っていた。

暁峰がちょっと嬉しげに、あ、桃じゃない、と呟いていて友達だったのかと思う。

「……あ、夕美ちゃんだ」

「うん、そう。智の所に遊びに来たのよ。良かったら、お昼一緒にしない？」

暁峰が何気ない感じで誘った。

あー、貴成は桜宮のこと苦手そうだったけど……、まあ、最近は色々とマシになったし大丈夫か。

「……ご、ごめんね。お昼、もう食べちゃった」

そんなことを思ってたら、断って、ちょっと意外だなと思う。ミーハーな所があるから、このメンバーだったら、絶対乗ると思ったのに。

そんな感じでちょっと謝ってから教室を出て行った桜宮を見送ってから、さっきのことを思い出して口を開く。

「そーいや、さっき、黒瀬がちょっと助けてくれたんだけど。本当に、前言ってた通りの性格だな」

そう言うと、染谷がちょっと微妙な顔をして口を開いた。

「それっていつくらい？」

「えーと、確か十時くらい」

すると、小さくため息をつく。

「やっぱり、校内にいたのか。補習ちゃんと受けろって言ったのに」

……おい、また、補習サボってたのか、アイツ。

「……本当に勿体ないなあ」

しみじみと呟くのを聞いて、ふと疑問に思った。

そーいや、皆普通に学校来てるから余り気にしてなかったけど。

なんで、夏休みのこの時期にどうせサボるのに、学校来てるんだろ。

＊＊＊

教室を出て、早足に歩く。

人気の無い方まで来てため息をついた。

「……なんで断っちゃったんだろ」

確かにお昼はさっき友達と食べたが、まだ余裕はあるし、サンドイッチは美味しそうだったし、イケメンいっぱいだったし。

断る理由なんて一つも無かった。

だけど、

『大好き！』

前後は分からないけど、染谷凛は確かに笑ってそう言ってて、篠山君も呆れた感じだけど笑ってそれにありがとうと言って。

見た瞬間から、何故かモヤモヤして止まらない。

……もしも、彼女が篠山君を好きならゲームとかけ離れ過ぎて行くから？　……でも、白崎君とかが皆と一緒に笑ってるのを見るのは嬉しいし、ゲームには拘らないって前に決めたし。

「……本当に、なんでなんだろ」

もう一度小さく息を吐き出しても、モヤモヤは消えはしなかった。

ちゃんとって難しいのです～桜宮視点～

大きな布地に慎重に鋏《はさみ》をいれていく。

線に沿って、割りと綺麗に切れた布に小さくガッツポーズをした。最初はガタガタになってしまって、ミシン担当の子とかに苦笑いされたが、成長するものである。

すると、小さな笑い声が聞こえた気がして、顔を上げた。

「あ、ごめんね。邪魔しちゃった？」

ちょっと気まずそうな顔をした夕美ちゃんが開いたままだった廊下側の窓から覗きこんでいた。

……うっわあ、恥ずかしい。ガッツポーズ見られてたよね！

顔を赤くした私に、夕美ちゃんが慌てて口を開いた。

「いや、その可笑しくて笑ったんじゃないのよ！　ただ、すごく一生懸命やってて可愛いなあと。笑ってごめんね」

その申し訳なさそうな姿に、まあ、いいかな、って気になった。

あれから、会う度にちょっと話とかをするようになったけど、思ってたよりも、ずっとしゃべりやすい子だった。

面倒見が良くて、ひとりっ子だけど、お姉ちゃんみたいだなって思う。

「ううん、全然大丈夫だよ。……下手だから、上手く出来ると嬉しくって」

「あれだけ一生懸命やってるなら、大丈夫よ。ちゃんと頑張れるのってすごいと思うわ」

ありがとうと頷こうとするが、何故かその言葉が引っ掛かってしまい、微妙に固まりかけていると、横から明るく声がかかった。

「あ、夕美、……と桃ちゃんだ、どうも！」

最近よく聞く声にそちらを向くと、案の定、染谷さんが立っていた。

ぎこちなく軽く会釈する。

「あら、凛じゃない。……また、篠山君にノート借りにきたの？」

夕美ちゃんが言うように、最近、染谷さんはしょっちゅう来ては篠山君と楽しそうにしゃべってから、ノートを借りて行く。

呆れたように言う夕美ちゃんに、染谷さんは明るく笑って、手を振った。

「今日は違うのよ。いつもありがとうのお礼でクッキー焼いてきたんだけど、篠山は教室にいるかな？」

「ああ、そういえば、料理は上手だったわね」

鞄から取り出された透明な袋に綺麗にラッピングされたクッキーはとても美味しそうだ。

案外女の子らしいんだなあ。……私じゃこうは作れないだろうな。

なんでか、またモヤモヤしてきてしまって、黙ってしまった私に、二人が不思議そうにして慌てて口を開く。

「担当場所が教室だったから、多分いると思うよ」

「そっか。ありがとう！　あ、良かったら、お近づきのしるしに一つ食べない？　形が悪いのおやつに持ってるの」

そう言って、ジップロックみたいな袋を取り出した染谷さんに、ありがとうと言って食べてみる。

見た目通りにとっても美味しい。

きっと、篠山君も喜ぶだろうなぁ……。

にこにこ笑っている染谷さんに何か言わなきゃなと思っていると、後ろで、

「ごめん、誰か手が空いてる人いる？」

と言っているのが聞こえた。

咄嗟に振り向いて、

「はい！　やります！」

と答える。

「あ、邪魔しちゃってごめんなさいね」

「頑張ってね！」

二人がそう言って手を振ってくれるのに、手を振り返して、声をかけた子の所に行った。

「ごめん、何やればいい？」

「お昼までに生徒会の方に書類出して来なきゃなんだけど作業良いところで。……でも、友達としゃべってたなら、そんなに急いで来なくても良かったのに。他の子も割りとお喋り中だよ」

そう言って苦笑される。

「……でも、私、やれること少ないし」

「桃って結構真面目だよね。じゃあ、よろしくね」

書類を受け取って教室から出て、また、ため息をついた。

「……また、逃げちゃった」

最近、染谷さんがいるとすごくモヤモヤする。

理由は自分でもよくわからない。

別に変なことをされたという訳ではないし、夕美ちゃんの友達なんだから良い子なんだろう。

原作との違いは、赤羽君や白崎君を見てて分かってきたし、ちゃんと話してみれば詩野ちゃんみたいに仲良くなれるかもしれないのだけど、何故か逃げてしまうのだ。

「……本当に変なことなんて何もされてないのにな」

そう強いて言えば、篠山君と仲が良い。……それくらいしか、彼女の行動で、ゲームとの違いなんて無いのに。

それなのに、あの時から、ずっとモヤモヤが消えない。

ふと顔を上げると、黒瀬君が歩いているのが見えた。

何か声をかけようとするが、目が合いそうになった瞬間、どうしたらいいのか分からなくなってしまい、固まってしまう。

漸《ようや》く動きだせて、振り返ると、黒瀬君はもう遠くに行ってしまっていた。

また、大きなため息をつく。

紫田先生の事件も起きたのは、ゲーム知識の通りだった。

だから、もうすぐ起こるはずなのだ。黒瀬君が引き起こすあの事件も。

でも、現実だって、改めて気づいてしまうと、どうしたらいいのか分からない。

元々、不良な感じの子って実際にどう接していいのか分からないのだ。

それだけでも、気が重いのに、彼の事情は本当に重い。

知ってるからこそ、力になれるなら、なりたいって思うのに。

ゲーム知識を押し付けるだけだと、また、白崎君のようになってしまうかもしれない。

「……難しいなあ」

篠山君だったら、どうにかしてくれるのかな。

そう考えて、ぶんぶんと首を振る。

一応、ヒロインは私なのだ。ちゃんと頑張らなきゃいけない。

……皆、幸せだといいなって思うから動きたいって思うのに。

何故かモヤモヤは消えないし、染谷さんからは逃げちゃうし、黒瀬君には話しかけるのも出来て無いし。

「……全然、ちゃんと頑張れてないよ、夕美ちゃん」

また、ついたため息は思いのほか重かった。

まあ、いいかは大事です

「篠山、呼んでるぞ」

「おー」

クラスメートに声をかけられて、ドアの所に向かうと、にっこり笑って手を振る染谷の姿があった。

この数日で見慣れた光景だ。

あれから、染谷はちょこちょこ教室来てはノートとかを借りて行く。

最初はクラスのヤツとかにからかわれたりしたが、最近落ち着いている。

なんでも会話とかに、色気無さすぎらしい。まあ、実際、無いしな。テンションとかがしゃべりやすくて、友達って感じで落ち着いている。

「早かったな、今日はこの前言ってた範囲の数学の参考書と重要単語帳があるぞ」

そう言うと何故か微妙な顔をされた。

「篠山、私がノートか参考書借りにくる以外に用がないと思ってるよね」

「……違うなら、いらないのか、これ」

「勿論要ります、貸してください！　……まあ、それは置いといて。いつものお礼です」

そう言って手渡されたのは、透明な袋に入ったクッキーだった。見た感じ手作りっぽい。

思わず、染谷の顔を見て、呟く。

「……食えるやつだよな？」

「おっけー、篠山、言い値で買うよ」

にっこり笑って言うが、目が笑っていない。

「冗談だっつーの。……でも、意外だな」

「料理は得意なんだよ、これでも」

開けてみて一口食べると、サクリと口の中に甘みが広がった。

あ、旨い。しかし、

「どうせだったら、紅茶欲しいな、これ」

無糖のやつが飲みたい。確か、購買に売ってたな。

「おし、飲み物買いにいこう。染谷もお礼になんかおごるぞ」

「え、お礼なんだから別にいいよ」

「いや、普通にめちゃめちゃ旨いから。ちょっと、タダじゃ悪い気がする」

「えー、いいのに。アイスココアがいいです」

「……言いつつ、リクエストはするんじゃねーか」

「いや、貰える物は貰う主義なんだよね」

そんな感じで駄弁《だべ》りつつ、購買に移動する。

お目当ての飲み物を買った後、近くのベンチで座って、クッキーをつまむ。

十分くらいなら、多分、クラスのやつらも文句言わないだろうし、堂々と休憩だ。

短い時間を有効に使おうとまったりしていると、なんか視線を感じた。

そっちの方を見ると、男子二人組がこっちを、……と言うよりも染谷を見てニヤニヤと笑っていた。

その嫌な笑い方に眉をひそめる。

……しかも、あいつら、前に染谷にいちゃもんつけてたやつらじゃないか。

思わず持ってた書類を確認していた染谷の方を見ると、にっこり笑って、

「あ、気付いてるよ。ウザイよね」

と言った。おいおい。

「……なんか、変なこと企んでそうじゃないか、あいつら。大丈夫か？」

思わず、そう訊ねると、

「大丈夫、大丈夫。大したことしないでしょ。……それに」

更ににっこり笑って、こう言った。

「気にするほどの価値がないでしょ。私、無駄な時間使いたくない！　忙しいんだよね、あいつらと違って」

その言葉に、ちょっと呆気にとられた。

……うん、なんと言うか、強いよな。

取り敢えずは、彼女の言うように、まあ、いいかで流しておこう。

見ると、あの男子二人はいつの間にかいなくなっていた。

そろそろ時間だしで、残ったクッキーをもう一度包み直して、立ち上がる。

「あんまサボり過ぎんのもあれだし、そろそろ戻るわ。クッキー、ごちそうさん。旨かった」

「はいはい、どーも。こっちこそ、ココアごちそうさま」

そう言って、手を振って別れる。

のんびりしちゃったかなと、ちょっと、急ぎ目で教室に向かっていると、声をかけられた。

「よ！　篠山、頑張ってるか？」

振り返ると、紫田先生が立っていた。

暑いからか、シャツの一番上のボタンを外しているのだが、何故か色気がヤバくなっている。

……損な見た目だな、この人。

そう思ったのが顔に出たのか、紫田先生がジト目でこっちを見る。

「……何も思ってませんよ？　つーか、サボりからの帰りなんで、早く戻りたいです」

「嘘つけ！　……まあ、サボりからの帰りって言うなら、仕事をやろう。口実出来たぞ、良かったな」

そう言った紫田先生の手には、山盛りのプリントがある。

……確実に押し付けられるな、これ。まあ、構わないが。

「了解です。これ、貰えばいいですかね？」

「いや、まだあるんだよな。往復しなきゃいけないのめんどいから手伝え」

そう言われて、近くの部屋に残りのプリントを取りに行き、教室に向かう。

プリントの量が結構ヤバいので、さっきよりもゆっくり目に歩く。

「……そういや、最近、染谷と仲良いんだって？」

突然言われた話題に、またかいと思って、紫田先生の方を見ると、何故か微妙な顔をしていた。

野次馬根性なのかなと思ったのだが、なんでこんな顔をするんだろう。謎だ。

「……いや、普通にノートや参考書貸してるだけですよ。クラスメート曰く、なんで、あんなに色気がないのかだそうです」

そう返すと、だよなーと呟いた。

なんなんだ、本当に。

……そう言えば、

「学校貢献の特待生って、あんなに忙しいもんなんですか？　染谷、マジで大変そうなんですけど」

前、話を聞いたことによると、風紀委員で内申を稼ぐ他に、夏休み中にも学校貢献の特待生だけ、特別テストがあるらしい。

道理で、あんなにノートとかをありがたがってるのかと納得したが、風紀委員だけでもヤバいと聞いているのに厳しすぎるだろ。

そう言うと、紫田先生はさっきとは違って、少し困った顔をした。

「あー、篠山は学校貢献ってそんなに詳しくないか？　特待生だろ」

「条件が厳しすぎて、あんまり調べなかったんですよね。学業の方で規定満たせそうだったし」

そう言うと、紫田先生はちょっと考え込んで、

「……学校貢献の特待生制度だけ、ちょっと特殊だからな」

と言った。

詳しく聞こうとするが、すでに教室に着いてしまった。

クラスメートが窓からこっちを見て、声をかけてくる。

「おい、篠山、遅いぞ。可愛い女の子とのんびりなんて羨ましい！」

「途中からは、プリント運びの手伝いだよ」

そんな感じでしゃべっていると、紫田先生も他の人に声をかけられて、プリントを置いて行ってしまった。

なんか、ちょっと話が中途半端になっちゃったな。

まあ、また聞けば良いか。

そう思って、作業に戻った。

油断大敵と思い知りました

そろそろ作業も大詰めに入ってきた。

夏休み期間中ということもあって、予定の合わない人が多い日程は作業がない。

だから、今日やると五日も空いてしまうので、今日の作業は頑張っている。

ということで、昼飯を早めに切り上げて作業に取り掛かる。取り敢えず、乾かしてた板を取りに行くと、また木の上に人影を見つけた。

近づいてみると、案の定、黒瀬が寝息を立てている。

本当に木の上が好きなんだなと思いつつ、ふと、思い付いたので声をかけてみる。

「おーい、黒瀬、ちょっといいか?」

パチリと目を開き、欠伸をする。俺を見て、ポツリと呟いた。

「また、ここじゃ邪魔だったか?」

あ、最初に会った時のこと覚えてたんだ。でも、今日の用はちょっと違うので、首を振って続ける。

「お前って飯食った?」

「は?」

ニンマリ笑って、更に訊ねると、食ってないと答えた。

やっぱりか。

「ちょっと待ってろー」

そう言って、教室に急ぐ。

戻ってくると、微妙な顔をしていたが、ちゃんとその場に残っていた。

そのことにホッとしつつ、持ってきた物を手渡す。

「やるから、食わねえ?」

今日のおやつにしようと持ってきたパンである。近くのパン屋さんのものだが、絶妙においしいのでお薦めなのだ。

黒瀬は案の定、変な物を見る目で、こちらを見てきた。

「お前、ちょっと顔色悪いぞ。食った方がいいよ、成長期なんだし」

ちょっと、ポカンとしたが無理矢理押し付けると、思わずといった感じで受け取った。

目線で促すと、渋々といった感じで口に運んだが、一口かじって、目を見開いた。

「旨いだろ？」

返事は無かったが、立ち去ろうとする素振りはなく、パンに集中している。

……なんか、野良猫に餌付けしている気分になるな、これ。

黙々と口に運んでいたパンの最後の一口が消えて、黒瀬は漸くこちらを向いた。

思わずパンに夢中になってしまったのが恥ずかしかったのか、ちょっと気まずげに口を開く。

「パン、どーも。……で、何が目的な訳？」

「いや、普通に仲良くなれたらなあ、と」

「……へえ」

思いの外、冷たい声で相槌を打たれる。

何故か表情を消した黒瀬にちょっとまずったかなと、慌てて続ける。

「お前、なんか良いヤツそうだし。あと、なんか気になる。なんで補習もサボるのに、学校いるんだろうとか。そんな感じで、仲良くなりたいなと思ったんだけど……」

そこまで言って、もう一度黒瀬の顔を見て、ちょっと息を呑んだ。

さっきまでは呆れながらも落ち着いた感じで俺の話を聞いていた。

なのに、今の黒瀬は冷たく、どこか突き放すような雰囲気を纏っていた。

驚いて固まってしまった俺を皮肉げに笑って、呟いた。

「……お前には、どうでもよくね？」

そのまま俺に背を向けて立ち去ってしまった。

姿が見えなくなってから、詰めていた息を大きく吐き出す。

「……急ぎ過ぎたか？」

仲良くなりたいと思ったから行動を起こしてみたのだが、明らかに距離感を見誤ったのだろう。

何か、黒瀬の地雷に触れてしまったらしい。

やってしまったなと、深くため息をついてから、自分の頬を叩いて、顔を上げる。

「……気持ち持ち直して、取り敢えずは作業頑張ろ」

やらかしてしまったが、明日から五日は学校に来ないのである。

反省して、次の時には、もうちょっと頑張ろう。

そう思って、必要な板を持って、教室まで走った。

その二日後、黄原達とボーリングに行った後、街中をぶらぶらうろついていた。

さっき寄った本屋で、欲しかったバイクの本も買えたし、いい日だな、今日は。

ふと、店先に並んでいたスマホケースが目にとまる。

……あれ、格好いいな。

「篠やん、何見てんの？　あ、これ格好いいね」

ちょっと止まっていたことに気付いたのか、黄原が声をかけてきた。

「……正彦が好きそうなデザインだな」

「折角だし、この店入ります？」

白崎がゆっくり見れるようにと気を使ってくれたのか、そう提案してくれる。

その流れで皆して店に入ったのだが、ちょいちょいスマホケースに視線をやってしまう。

本当に好みど真ん中なのだ。

ちょっと呆れた感じで黄原が声をかけてくる。

「篠やん、そんなに好きなら買ったら？　値段、そんなに高くないし」

……あー、買えたらいいんだけどな。

「正彦、スマホじゃなくて、ガラケーだぞ」

「え!?　あれ、そうだっけ!?」

貴成が言った言葉に黄原が慌てている。

まあ、学校とかでは貴成にスマホ借りていじってるし、ラインとかは家のパソコンでやってるしな。

あんまり話題に出ないのである。

そんなことを説明すると、納得したように頷いた。

「でも、ちょっと珍しいですよね。家の教育方針でしょうか？」

……あー、そうっちゃ、そうだな。

白崎の質問にちょっと微妙な顔をしてしまうと、貴成がさらりとばらした。

「そうだぞ。中学の時、正彦が買った初日にスマホ壊してな。親父さんにぶちギレられて、確か五年は親父さんのお下がり使うんじゃなかったか」

黄原と白崎がなんとも言えない顔をした。

……いやね、初めてのスマホでちょっとはしゃいだって言うかね。やらかしたんだよ、うん。

「それは、篠山にしてはやらかしましたね」

「いや、コイツ、たまにだけど物凄いドジとか普通にやらかすぞ」

「るっさい、ばらすな。それにガラケーも結構便利なんだからな！」

そう言うと、はいはいという感じであしらわれた。くそう。

「いやー、篠やんも結構可愛い所があるね」

「そうですね。意外とドジっ子なんですか」

「やらかすと盛っ大に慌てるから、見てて面白いぞ」

皆に寄ってたかっていじられる。

あー、もう！

「俺、喉渇いたから、自販機探してきます！」

そう言って逃げると、笑いを含んだ声で、どうぞと言われた。

それに恥ずかしさを感じながら、道沿いに自販機を探すと、ちょっと行った所ですぐに発見した。

取り敢えず、お茶を買うと、近くの路地裏が騒がしいのに気付いた。

聞こえてくる声に眉をひそめる。

どうやら喧嘩らしい。

少し迷ったが、ソッと足を踏み出した。

喧嘩なら自己責任でやっててくれと思うが、カツアゲとかだったら、見捨てるのは忍びない。

奥の曲がり角から喧嘩現場を窺おうとした時、

「っくそ!! 覚えてやがれ!!」

そんな捨て台詞と共に、三、四人の男達が走り出てきた。

先頭を走っていた男の髪型は、ピンクのソフトモヒカンと言った感じで如何にも不良らしい。

ちょっと、感心さえしてしまいつつ、奥を覗きこんで息を呑んだ。

明るい金髪は何故か濡れているが、整った顔立ちに、学校の制服である紺のブレザーの姿はどう見ても。

「おい、黒瀬! 大丈夫か!?」

慌てて駆け寄ると、こちらを見た。

冷たい視線に少し怯《ひる》むが、状況確認が先だ。

服は少し乱れており、髪もぐちゃぐちゃになっているが、見て分かる所に怪我は無い。

よく見ると、足下にへしゃげたペットボトルとその周りに広がる水溜まりがあった。

どうやら、このペットボトルの中身を掛けられたらしい。

「怪我してないか？　取り敢えず、拭いた方がいいな。ティッシュしか無いんだけど、これ使って……」

ベシャッ。

渡そうとしたティッシュが振り払われた。

油断していたからか、手にかけていた本屋の袋まで地面に落ちる。

袋から出てしまった本が水溜まりに落ちたのが見えた。

「……うるせぇよ」

苛立たしそうに、そう呟く黒瀬の声は明らかに俺を突き放していた。

そのまま、立ち去ろうとした黒瀬を咄嗟に呼び止める。

「おい、黒瀬！」

振り返った黒瀬は、皮肉げに笑って言った。

「……お前に得はねぇぞ」

「は？」

突然の言葉に驚いた俺を気にせず、黒瀬は続ける。

「黒瀬の跡取りだって思って近づいてきたなら、お前に得は無い。俺は、愛人の子だからな。漸く、本妻に子供が産まれた。だから、俺は用済みだ。金で買われた、愛人の子なんて、とっくの昔にあの家で価値なんて無いんだよ」

その言葉は俺を突き放すようで、それでいて、血を吐くようでいた。

「〝仲良く〟なんて、とうの昔に意味なんかねぇよ。残念だったな、優等生さん」

黒瀬は固まってしまった俺から背を向けて、最後にそう皮肉げに吐き捨てて立ち去った。

呆然としたまま、さっき落とした本を拾う。

買ったばかりの本は、水分を吸ってぐちゃぐちゃになっていた。

その場にしゃがみこんで、大きく息を吐く。

「……俺、馬鹿だな」

白崎の時に考えていたのに。

乙女ゲームの攻略対象者なんだから、重い事情があるかもしれないって。

色々上手くいっていたから、多分、黒瀬とも上手くいく。

そう思って、軽い気持ちで近づいて、黒瀬のトラウマに触れてしまった。

本当に馬鹿だ。

黒瀬は俺なんか迷惑だろう。

……だけど。

あの、血を吐くような言葉を思いだす。

「……ほっとけないなあ」

周りが平和じゃなくちゃ、俺は普通に過ごせない。だけど、その言葉は、自分でも驚くほど、小さく掠れていた。

「正彦、本当に大丈夫か？　あれから、ちょっと変だぞ」

久々の作業日の朝、何回目にか貴成に心配そうに訊ねられる。

あの後、黄原達にも結構心配された。

「だから、何もなかったって。本落として凹んでただけ。もう平気だっつーの」

いつもの感じでそう返してみるが、心配そうな顔は変わらない。

それに苦笑しながら、昇降口に向かう。

黒瀬に会ったら、なんて言うべきだろうな。

そんな風に考えながら、落ち込みそうになる思考にため息をついた時、下駄箱のあたりが騒がしいのに気付いた。

何だろうと、周りを見渡す。

下駄箱の近くの掲示板に人が集まっている。

何か貼られているのだろうか。

靴を替えて、そちらの方に向かい、掲示板に貼ってあったものを見て、息を呑んだ。

「……なんだこれ」

貼ってあったのは、ビラのようなものだった。真ん中に新聞の記事を拡大コピーしたものが印刷してあり、その上にでかでかと文字が書かれていた。

その言葉のあまりの衝撃に、周りの音が遠くなるような気がした。

『染谷凛は犯罪者の娘』

ああ、本当に。

油断してた所に次々とこれかい。重すぎんだろ、乙女ゲーム。

勇気をもらいました

一瞬、呆然としてしまったが、周りのざわめきに我に返る。

これはこのままにしておいてはいけない。

掲示板に近付き、ビラを破りとって丸める。

「あ、破っちゃった」

「と言うか、本当だったら、ヤバくないか？」

「つーか、アイツ、染谷と仲良いヤツじゃなかったか。かばってんじゃやね」

後ろでざわめきが大きくなったのが聞こえた。

イライラするままに怒鳴りつけようとした時、

「何か問題でもあるか？」

静かな声が響いた。

後ろを向くと貴成が人の輪の中心に踏み出して来ていた。

目線で落ち着けと言われる。ちょっとだけ、頭が冷えた。

「ただの悪質なデマだろう。万一事実だったとしても、一生徒の過去なんて、こんな風に触れ回るべきものではない。速やかに廃棄するべきだろう。……それに」

一度言葉を切った貴成は、周りを鋭い目で見渡して言った。

「俺はこういうった物もそれに対する騒ぎも気分が悪い」

その言葉で周りが静まりかえる。

シーンとした中、誰かが走ってくる音が聞こえた。

「風紀委員です！　ここに集まっている人達は今すぐ解散してください！」

その言葉に凍りついていた生徒達が我に返ったように立ち去った。

「……えっと、例のビラは」

「あ、これです」

くしゃくしゃになったビラを渡すと、硬い顔のまま、お礼を言って立ち去った。

振り返って、貴成に向き直る。

「……悪い、助かった、貴成」

ここで感情のまま怒鳴りつけたら、更に騒ぎが大きくなっていたかもしれない。

「適材適所だ。俺の方が面倒くさくなくていいだろう。……親の権力だが、こういう時には便利だからな」

何でもないようにそう言った貴成に、ごちゃごちゃになっていた頭の中が落ち着いた。

何も知らない生徒達が登校してきたのを見て、教室に向かう。

歩きながら、深いため息をついた。

本当に問題は山積みだ。


昼頃、そろそろ大詰めということで、もう使わない備品などを倉庫に運んでいた。

今日は、黒瀬にも染谷にも会っていない。

朝の騒ぎは貴成のおかげで一旦沈静化したとは言え、後を引きそうなので不安である。

倉庫のドアを開けると、中にいた人物が振り返った。

「……あ、篠山君」

「桜宮か。お前も備品返しに？」

「うん。私できること少ないから、こういう仕事はやりたいんだよね」

その言葉に感心する。

結構、しっかりしてんだな。

「まだ他にもあるのか？」

「あ、うん。えっと、A倉庫と、D倉庫に」

「あ、俺、どっちも行くからついでに持ってこうか？」

「えっ！　いいよ、悪いし！」

何故か慌てて首を振るので、ちょっと笑って、

「効率いいじゃん」

と言うと、ちょっと考えてから、

「……じゃあ、篠山君が持ってるのでD倉庫に持ってくの私がやるから、A倉庫の分お願いできる？」

「了解」

行く道は途中まで一緒なので、一緒に歩く。

歩きながら、桜宮からじっと見られてるのに気付いた。

一度気付くと気になるな。

「……桜宮、俺になんかついてる？」

「……あ、いや、その……」

何故かしどろもどろになった桜宮に首を傾げていると、明るく声を掛けられた。

「あ、篠山と、桃ちゃんだ！　久しぶり！」

振り返ると、染谷がニコニコ笑って立っていた。

あまりにいつも通りの姿に、内心ホッとする。

この感じだと、あまり触れない方がいいだろう。

そう思って、口を開こうとした時、染谷の体が前につんのめった。

転けることは無かったが、手に持ってたファイルからプリントが散らばる。

「あ、いたの？　気が付かなかったわ」

「つーか、何でいるの？　身のほどを知れって感じじゃね」

染谷の後ろで、そう言ってゲラゲラ笑って立ち去ろうとする男子達を見て、何かが切れた。

そいつらの前に歩いて行くと、馬鹿にした感じで笑われる。

「邪魔だから、退いてくんなーい？」

明らかに馬鹿にした口調のそいつの目を見て、口を開く。

「謝れよ」

「は？　何言ってんの、お前」

「ぶつかったのお前らだろうが、謝れよ」

その言葉を笑って、無視して立ち去ろうとするそいつらを思いっきり睨んだ。

貴成みたいな迫力は無いかもしれないが、色々あったせいで朝から苛ついているのだ。

それに元々、コイツらみたいな馬鹿は心底嫌いだ。

ちょっと怯んだそいつらに続けて言う。

「もう一度言う。謝れ」

何故か固まってしまったそいつらをもう一度睨んでみると、ぼそぼそと謝罪のようなものを口にして走り去って行った。

しかし、やっぱり噂になってしまっているのか。ため息をついて振り返る。

「いっや、すごいよ、篠山！　格好いいー！」

呑気にそう言って、小さく手を叩いている染谷にガクッとなった。

「……お前なぁ」

「あ、ごめん。お礼言って無かったよね。ありがとう」

……なんと言うか、ガチで通常運転だなコイツ。

なんか気が抜けてしまった俺に、染谷が笑いながら口を開く。

「所で、大変に格好良かったんだけど、桃ちゃんが固まっちゃってるよ」

その言葉に桜宮の方を振り向くと、荷物を抱き締めたまま、固まってしまっていた。

うわ、やらかした。男子同士の喧嘩とかって女子には怖かったりするよな。

「桜宮、ごめん。……えっと、俺、プリント集めるの手伝うから、荷物先に行っててもらっていい？」

「……え、あ、うん。分かった」

声をかけると、俺の顔をまじまじと見た後、ちょっと顔を背けて頷いた。

……怖がられただろうか。ちょっとショックだ。

桜宮が去って行くのを見送ってから、散らばったプリントを集める。

集めたプリントの束を整えていると、染谷が口を開いた。

「篠山、私、あんま気にしてないから、そんなに心配してくれなくても大丈夫だからね」

「……大丈夫な訳無いだろ」

その言葉にちょっと腹が立って、顔を上げて染谷を見ると少し困った顔をして口を開いた。

「篠山は、学校貢献の特待生の詳細って知ってる？」

突然の話題に少し驚く。……そう言えば、紫田先生に聞けていないままだった。

俺の反応で分かったのだろう、染谷はやっぱりと言って続けた。

「明確には書いてないから分かりにくいんだけど、あれってさ、訳有り専用の制度なんだよね。中学校とか行けてなかった人用。だから、中学校の内申を高校で稼げって訳で色々制約とかあるんだよね」

思わず固まってしまった俺を少し笑って、染谷は続ける。

「今色々噂になってるじゃん。あれも殆んど事実なんだよね。中学三年に上がったくらいに、父親が会社のお金盗んで、浮気相手と逃げてさ。しかも、逃げてる時に、事故ってそれで捕まったという間抜け具合い。だけど、その事故の相手が私のクラスメートの親でさ。一気に噂広がっちゃって、色々あって学校行かなくなっちゃったんだ」

何も言えなくて、思わず染谷の顔を見ると、目があった瞬間噴き出した。

「いや、そんなに深刻な顔しなくても大丈夫だよ」

「いや、深刻な話だろ!?」

思わずそう言うと、クスクス笑う。

「……でね、その時住んでたアパートの隣の部屋にさ、新米弁護士だっていうお姉さんが住んでてね。今の篠山みたいにうちの家族のことめちゃくちゃ心配してくれてさ。父親が残してったゴタゴタのこととか相談に乗ってくれて、私に勉強教えてくれて、本当に良くしてくれてね。私、すごいなって、そのお姉さんと同じ仕事に就きたいって思ったの」

染谷は本当に嬉しそうに、そう話した。

「そんな訳で、お姉さんの母校だっていうこの学校目指して、学校貢献の特待生でギリギリ滑り込めてね。今、勉強頑張ってる最中なんだ」

染谷は話すのを一旦やめて、小さくため息を吐いた。

「という訳で色々あったから、これからも大変だろうなって覚悟済みだったんだよね。なんかムカつくくらいで、結構遠くから引っ越したのに、ここまで調べてやらかすとか本当に暇人だなと思うけど、割りと予想の範囲内。それに」

俺の顔を見て、ニンマリ笑う。

「篠山って、お節介じゃん」

「……はい？」

……え、何？

突然の言葉にちょっと固まる。

「あ、誉めてる、誉めてる。あのさ、お節介って、本当に辛い時とかに力になってくれるんだよ。ちょっとしたことでも、こんなことをしてくれた人がいるって、そのことがすごく嬉しいんだ。誰も何もしてくれないとどんどん、どうしたらいいか分からなくなっちゃうもん。誰かがお節介してくれたおかげで、色々頑張ろうって思えるよ。だから、本当にありがとう、篠山」

嬉しそうに笑ってから、微妙な顔になって、口を開く。

「……まあ、そんな感じで黒瀬にお節介焼いたら、引かれたんだけどね。それでも、きっと、無いよりマシかなと」

どーしよかな、と呟く染谷に、最近悩んでたことが腑に落ちたような気がした。

思わず口を開く。

「……いや、こっちこそありがとう」

そう言うと、びっくりした顔をされた。

「あれ、お礼されるようなことしてないけど？」

「いや、した、した」

悩んでたんだな、俺。

何かしたいと思うけど、黒瀬に俺ができることなんて何もないんじゃないかって。

そもそも、本当に重いトラウマを解決できるなんて思っていない。

……だけど、ちょっとでも力になれるかもしれないなら、頑張りたいって思うんだ。

「なんか勇気もらった。ありがと」

そう言うと、染谷は不思議そうな顔をしつつも、笑って返した。

「こっちこそありがとう！」

それから、時計を見て、あっと呟く。

「ごめん。思ったよりも、引き留めちゃったよ」

「あ、いや大丈夫。……染谷、また、なんかあったら力になるから！」

「ありがとー、遠慮なく！」

そう言って染谷と別れて、曲がり角を曲がると、

「爽やかな感じね。実に青春！」

「うわっ！」

そう言って、肩を叩かれた。

振り返ると、いつかのように茜坂先生がケタケタ笑っていた。あ、聞いてたのは最後の言葉だけよ、とニンマリされる。

「痛いですよ。つーか、そういうのじゃありませんから！」

染谷は普通に友人だ。

「あら、そー？　あ、それより、心配ないから」

「はい？」

その言葉の意味が分からなくて、首を傾げるとにっこり綺麗に笑った。

「あの噂ね、多分、一週間くらいで消えるから」

「へ？」

思わず、顔を見上げると、更に笑みを深める。

……あれ、なんかデジャ・ビュ。

「染谷さんね、私のお気にいりの生徒なの。……校内での情報戦なら、自信あるんだから」

その笑顔を見て、ぎこちなく頷く。

なんかもう色々と怖いが、それ自体は大変に嬉しいことである。……本当に敵にまわしたくないが。

「と、いうことで、篠山君は篠山君で頑張ってね！」

「はいはい、ありがとうございました！」

そう言って逃げるように立ち去りながら、息を深く吸って気合を入れ直す。

……おし、頑張りますか！

頑張ろうと思いました～桜宮視点～

自分でも、何でこんなことしたのか分からなかった。

それでも、駄目だろうと思うのに色々聞いてしまって。

話が終わった瞬間、じっとしていられなくなった。

軽やかに歩き出す背中に声をかける。

「染谷さん！」

驚いた顔で振り返った彼女に勇気を振り絞って伝える。

「ちょっとお時間いいですか？」

そう言うと、なんとも不思議そうな顔をして、

「大丈夫よ、桃ちゃん」

と答えてくれた。

ベンチに座って一息ついた。

目立たない所にある休憩所は、自販機の品揃えもあまりよくなく、いつも人が少ない。

私達以外誰もいないガランとした休憩所で隣に座った染谷さんが不思議そうな顔をして口を開いた。

「えっと、話って何？」

その言葉に、びくっとする。

いや、誘ったの私なんだから、そう聞かれるのは当然なんだけど、何故か異様に緊張しているのだ。

小さく深呼吸をしてから、口を開いた。

「……ごめんなさい。さっきの話聞いちゃいました」

まずは謝ることからとそう言って頭を下げると、染谷さんはようやく納得がいったような顔をした。

「いや、そんな謝らなくても大丈夫だよ。割りと人が来そうな所で普通にしゃべってたの私だし、そもそも言って回るようなことじゃないってだけで隠してる訳でもないしね」

気にしなくていいよー、と笑う姿は本当に自然で、思ったことが思わずポロリと口から零れていた。

「……どうして、そんなに強くいられるの？」

あまりにいきなりな質問に、染谷さんがびっくりした顔をした。

私もちょっと固まる。

うん、こんな風にやらかすつもりは無かったです。

……でも、聞いてみたかったのはこれだ。

私は知ってるから色々と出来るはずなのに、思いっきり間違えて、やらかして、怖じ気ついてばっかで。

あんな風にされたのに気にしない風に笑って、……なんだか悩んでそうだった篠山君にあんな顔させるなんて私には出来ないから。

染谷さんはちょっと困ったような顔をしたけど、私が真剣な顔をしているのを見て、ちょっと考え込んでから口を開いた。

「……割りとよく強いとか言われるんだけど、私、そんなに強くないと思うよ。と言うか、ムカつくだけだし」

「……む、ムカつく？」

思わず聞き返すと、ちょっと笑って頷く。

「だって、ムカつかない？　ぶっちゃけ、父親のしたこととか私関係無いし。なんで、そんなことを気にして、ビクビクしなきゃいけないんだ！　って中学の時にキレたんだよね。だから、周りは気にしないって決めてるの。やりたいことだけで、手一杯だし」

そう言った染谷さんに思わず、

「……格好いいなぁ」

と呟いていた。

ちゃんと真っ直ぐ前を向いて、やりたいことをやれて、言いたいことを言える人。

こんな風にいれたなら、もっとちゃんと頑張ってヒロインっぽく誰かを助けられたのかなあ。

……篠山君もあんな風に吹っ切った顔をしてたし。

本当に、私とは大違い。

何故だか妙に落ち込んでしまったが、ちゃんとお礼言わなくちゃと顔を上げて、ちょっとびっくりした。

染谷さんは、すごく困った顔をしていた。

「いや、そんなにマジトーンで褒めてもらうようなことでもないのよ？　周りを気にしないっていうのは、仲が良い一部の人さえいてくれればいいやって感じで排他的になっちゃっただけだし。やりたいことって言っても、やれることしかやってないし」

「……やれること？」

「うん。やりたいこと一杯ありすぎて、全然出来ないから。取り敢えず、今できることだけ一生懸命やろうと思って。桃ちゃんもそうでしょ？　文化祭の準備、簡単な作業だけどいつも一生懸命やってるし」

そう言われて、思わず頷いてから、ふと気づいた。

私はヒロインだから、それっぽく頑張らなきゃって思ってたけど。

文化祭の準備、私は不器用でどんくさいから、できることだけでも頑張ろうって思って色々やってた。ヒロインなんて考えずに私は私だって。

ヒロインっぽくとかは無理かもだけど、そんな感じでやれることを探せれば良いのかな。

顔を上げると、染谷さんはちょっと恥ずかしそうな顔で笑っていた。

「なんかちょっと語ってしまいましたが、こんな感じで良かったかな？」

「うん。本当にありがとう」

「なら、良かった」

そう言って笑う染谷さんに、詩野ちゃんと仲良くなった時のことを思い出した。

あの時も、苦手な人だと思ってた詩野ちゃんに色々相談に乗ってもらって、ちゃんと謝りに行くことが出来たんだっけ。

それで、あの時は……。

ちょっと息を吸い込んで気合いを入れた。

緊張しながらも、頑張って口を開く。

「あの！」

「はい？」

「と、友達になってくれないかな？」

図々しいかもしれないけど、未だにちょっと苦手だけど。

染谷さんのこと、格好いいって思って、仲良くなりたいと思ったのは本当で。

だから、自分から言わなくちゃって思った。

これは、私のやりたいことで、やれることだと思うから。

緊張しながら染谷さんを見ると、ちょっと不思議そうな顔をしていた。

「えっと、勿論！　って感じなんだけど。ちょっと聞いてもいい？」

「う、うん！」

「桃ちゃんって、私のことちょっと苦手じゃなかった？」

思わず固まってしまった私に苦笑いしながら続ける。

「いや、夕美としゃべってる時とか私が来ると絶対にすぐ逃げちゃうしね。作業中とかが多かったから気のせいかなと思わなくもなかったんだけど、表情とか硬かったし。だから、今、誘われた時も不思議だったんだよね」

ば、バレてたーー!!

まあ、あんだけ逃げたりしてたしね。つーか、それなのにこんな風に言うって失礼だったかな？と言うか、そもそもなんで苦手だったんだっけ？　一番最初にちょっと苦手って思ったのは……。

「……篠山君とすごく仲が良かったのが気になったから？」

思わず声に出た言葉に、固まった。

い、いや、篠山君、ものすごく色々やってる人だし、気付いたら気になって当たり前って言うか。一応ヒロインだから、攻略対象者の仲が良いイレギュラーなんて気になったのが始まりだし。変じゃないって言うか、何でもないことだよね！

何故か頭がパンクしそうになって、慌てて考えてたことを頭から追い出すとキラキラした染谷さんと目があった。

「あー、そういうこと!!」

「あ、あの、染谷さん……」

「やだ、凛でいいよ！　そっか、そっか。いや、本当に良いやつだもんね。あ、安心してね。私のタイプはお姉さんみたいにちょっとパッと見怖そうなんだけど実は優しくって、ツンデレっぽい人だから！」

「は、はい？」

何故か納得したように、何度も何度も頷く染谷さんにちょっとどうしたら良いかわからない。

アワアワしている私を見て、染谷さんは軽く吹き出した。

「ね、桃って呼んでいい？」

「あ、うん！」

「これから、よろしくね！」

そう言って、私の手を握った染谷さんに、仲良くなれたような感じがして、思わず頬が緩む。

「うん。こっちこそよろしくね、り、凛ちゃん」

すると、目をキラキラさせて、抱きついてきた。

「うぇ⁉」

「やだ、もう！　可愛い！」

ど、どうしよう、テンションについていけない。

また、アワアワしていると、凛ちゃんはちょっと申し訳無さそうに、放してくれた。

「ごめんね。嬉しくって、つい」

「あ、ううん。えっと、嬉しいのは私の方じゃないかな。友達になってって言ったの私だし」

「やだな、すっごく嬉しいよ。周りを気にしないって思ってても、誰かに受け入れてもらうのってすごくすごく嬉しいんだから！」

そう言って、凛ちゃんは本当に嬉しそうに笑った。

そうやって笑いあった後、顔を上げた凛ちゃんの顔が固まった。

「うわ、ヤバい。もう、こんな時間」

振り返って、凛ちゃんの視線の先を見て私も固まる。

ちょっとお話するだけと思ってたけど、思った以上に時間が経っていた。

ヤバい、準備終盤で色々やることあるから、クラスの子に怒られる。

「ごめんね、ちょっと風紀委員の仕事あるから行くね！」

「うん。引き止めちゃってごめんね」

「いや、いーの、いーの。桃と仲良くなれて嬉しかったし。じゃ、頑張ってね！」

そう言って、楽しそうに手を振った凛ちゃんに大きく頷く。

「うん、頑張る！　ありがとうね！」

取り敢えず、私らしくやれることを探して頑張ってみよう。

そう決心して、目的地だった倉庫に走って行った。

お祭り騒ぎの幕開けです

今日はとうとう文化祭当日だ。

クラスの出し物の喫茶店は念入りに準備しただけあって、自分達で言うのもあれだがかなりいい出来になったと思う。

ウキウキしながら最終準備をしていると貴成が声をかけてきた。

「……楽しそうだな」

「こういうお祭りって雰囲気、楽しくねえ？」

「……俺は今からのことを思うと楽しくない」

貴成は周りの雰囲気とは反対にげんなりとした表情で項垂れている。

俺のクラスは喫茶店なので、食事や飲みものを用意する裏方と、ユニフォームを着て接客するやつらに分れており、俺と貴成と黄原と白崎は接客班だ。

服装は俺と同じく、ＳＦに出てくるような喫茶店用の近未来風ユニフォームなのだが、同じ服とは思えないほどに着こなしている。

現にクラスの女子も貴成の方を見てはキャーキャー言っており、女子に騒がれるのは確実だろう。

俺とか最早空気だし。

そんな感じでげんなりしている貴成の近くにいた白崎と黄原が苦笑しながら声をかけた。

「まあ、赤羽は午前からのシフトですし、一般のお客さんは午後に比べると少しは少ないかと思いますよ」

「そーそー、赤っちは午前乗りきればなんとかなるって。後は篠やんと遊べるしいいじゃん」

因みに、白崎と黄原は午後からのシフトだ。

出来れば友人同士で同じシフトに入りたかったが、めちゃめちゃモテる客寄せを固めておくとか馬鹿だろというクラスの主張により分れた。

黄原とかはちょっとむくれていたけど、ぶっちゃけ当然の主張かと思う。

そんな感じでぐったりしてる貴成を笑いながら見てると、白崎が俺の顔を見てにっこりという感じで笑った。

うん？　どうした？

「えっと、白崎、なんかあった？」

「あ、すみません。篠山が元気になったなと思ったら、つい」

その言葉にちょっと虚をつかれた。

「あー、そうだよね。一時期悩んでそうだったし、マジで良かった！」

「だな。そっちの方が正彦らしい。悩み事はもう大丈夫そうなのか？」

「えっと、どうしたいかは分かったかな。……心配かけたみたいでごめん。ありがとな」

黒瀬のことは、染谷のおかげでまた会ったら迷わず突撃してみようと思って、ちょっとスッキリしたのだが、どうやら一時期悩んでいたのが思ったよりも心配をかけていたらしい。

なんか照れながらもお礼を言うと、当たり前のことだろと流される。

本当にいいヤツだよな、コイツら。

そんな感じでほんわかしてたら、文化祭開始十五分前の放送が流れた。

皆各々の分担に動き出す。

おっし、頑張りますか！


「……貴成、生きてるか？」

「……帰りたい」

文化祭が始まって数時間、そろそろシフトが終わる頃なのだが、貴成が死にかけている。

ちらっと廊下を見るとズラッと並んだ女子の列。廊下の窓から、チラチラと貴成を見つめている。

……イケメン効果をなめてましたよ、はい。

最初は内装の格好よさとかで男子の客が多かったのだが、スイーツにつられた女子が貴成のコスプレを触れ回ったせいでこんなんになったらしい。

クラスで色々と頑張って準備したものだからと、貴成も絡んでくる女子に邪険な対応を取れず、ぐったりしている。

……うん、めちゃめちゃ女子苦手なのに、よく頑張ったよ、お前。

そろそろ限界っぽいので、交代まだか⁉　とドアの方をチラチラ見てたら、交代要員のヤツらが入ってきた。

同じくコスプレした黄原と白崎を見て、女子達が黄色い声を上げている。

それに対して、黄原はノリよくウィンクして返し、白崎はちょっと困った感じに笑ってから、とても綺麗なお辞儀をして見せた。

貴成と違って、ソツなく対応していけそうで、安心する。

軽く引き継ぎのようなことを行うと、二人とも貴成を見て苦笑いして、お疲れ様と言って接客に移って行った。

貴成は着替える為にウチのクラスが取った控え室用の教室に着いた途端にぐったりして椅子に座り込んでしまった。

本当に色々と限界だったらしい。

「大丈夫か？　なんか食いに行く？」

「……すまん。もう、回る元気が無い。俺はここで休んでるから、クラスのヤツと一緒に回って来てくれないか？」

「……了解。なんか食いたいの言って。買ってくるわ」

「……じゃあ、焼きそばとかあったら頼めるか？　ありがとな」

無理をさせるのもいけないので、言う通りにゆっくり休ませることにする。俺も残っても良いが、多分、コイツ気にするしな。

同じシフトだったクラスのヤツに事情を説明して合流すると、なんとも言えない顔で頷いた。

「そっか。売り上げの為とか言って、やっぱり無理させ過ぎたかな？」

「赤羽、本当に女子苦手だもんな。俺達もなんか買ってくか」

そんな感じで他のクラスを冷やかしつつ、食べ物系を物色して行く。

そろそろ結構な量になったので戻って食うかという話になった時に、後ろから勢いよくぶつかられた。

思わずつんのめるが、食べ物は落とさなかった。

何事だと思って振り返ると、ピンクのソフトモヒカンと言った独特な髪型が目に入る。

つい最近見た見覚えのある髪型に固まっているとソイツにギロッと睨まれる。

「邪魔なんだよ、角でこそこそしとけ！」

そう言って俺を軽く蹴りつけてから、歩き去って行った。

ちょっと見ただけだったけど、多分、間違い無い。

前、街で黒瀬に会った時にアイツと喧嘩してたヤツじゃないか？

嫌な予感に固まっている俺を心配して、クラスのヤツらが声をかけてきた。

「篠山、大丈夫だったか？　蹴られてたよな」

「あんな柄悪いのにぶつかるとか運悪いな。つーか、あっちって何の展示も無い方だよな。何しに行ったんだ？」

そうだ、ウチの学園は広いから文化祭でも全部の場所を使わなくても良いからと使わない区域がある。

アイツが向かったのはその区域。

……場所を使うヤツがいないからと俺達が主に看板とかを置いていたのと同じ区域。

そこの裏庭とかきっと普通、誰も行かないだろう。

嫌な予感に唾を飲み込んだ。

気のせいかもしれない。何もないかもしれない。それでも、

「……悪い」

「ん？　何か言った？」

「悪い！　ちょっと忘れ物したから取って来る！　貴成の所に飯持ってくの頼む！」

「あ、おい！」

今回の人生は後悔しないように、思うように生きるが目標なんだから、しょうがないだろ。

暴れてみました

「前からお前にはムカついてたんだよな、黒瀬。デカイ顔して街歩きやがって」

本来なら文化祭中は人が来ないはずの校舎裏。使わなかった看板や板のあまりなどが散乱するその場所には、普段ウチの学校では見かけないような柄の悪い連中が群れていた。

その真ん中で、こんな状況にも拘わらずどうでもよさげな顔で立っているのは黒瀬だ。ちょっと、

予想を遥かに越えたヤバい状況に思わずしそうになった舌打ちをこらえる。

喧嘩にしても、この人数差だとほぼリンチになるだろう。

警察に通報しようと思ったが、一応本来なら通れる道を封鎖して特定のルートでしか来れないようになってるここに外部の連中がいる状況を見るに、黒瀬が疑われるように仕組まれているのだろう。

体面を重んじるこの学園でここまでの騒ぎを起こしたら、かなりマズイことになるのは明白だ。

焦っていると、黒瀬がどうでもよさそうに欠伸をしてから口を開いた。

「……ここ知ってるってことは、誰か手引きしたヤツいるんだよな。誰？」

「はっ、誰が答えるかよ。お前にムカついてるヤツは結構いるってことだよ。騒ぎになったら、マズイだろ？　大人しくボコられろ」

そう言われた瞬間、黒瀬の顔が皮肉気に歪んだ。

「いや？　望むところだよ」

そう言って、相手の顔面に拳をいれようとした瞬間、

「いや、ちょっと待て、よく考えろよ、アホか！」

そんな声が響いて、黒瀬がピタリと動きを止める。

周りを見渡すと、周りの不良もこっちを見ている。

……あ、ヤッバイ。

思わず声が出てたらしい。

「なんだ、コイツ？」

「黒瀬のオトモダチってヤツじゃねえの？」

「ああ、じゃあ、コイツもやっとくか」

おおう、割りと不穏な感じに話が盛り上がっていっている。

うん、考えなしに特攻は結構不味かった。

そんな感じでちょっと焦ってポケットの中に手を突っ込んでいると、黒瀬がため息混じりに口を開いた。

「いや、そんなヤツ知らねえ。忘れ物でも取りに来たんじゃねえの。つーか、お前らアホだろ。ここ、どこだか覚えてるのか？　金持ちのボンボンが集まる学園だぞ。怪我なんてさせたら、慰謝料いくら取られると思ってんだ？」

その言葉に周りの空気が変わった。

ざわざわと、近くのヤツとヤバくないか？　などとしゃべっている。

そして、俺もその言葉に少し驚く。

染谷に絡まれまくってる黒瀬は知っているはずだ。俺が特待生で、金持ちでもなんでもないって。

思わず、黒瀬の方を見るとすごく嫌そうな顔をしていた。

俺が見ているのに気づくと、声を出さずに口が動く。

（さっさと行けよ。巻き込まれんぞ）

その言葉に固まっていると、リーダー格らしいピンクモヒカンが俺の近くまで来ていた。

ぎろりと睨みながら口を開く。

「おい、坊っちゃん。これ、見なかったことにしたら、見逃してやってもいいぞ」

「……え、えと。見逃すって」

「何にも見なかったことにして、誰にも言わずにいてくれってことだよ。じゃねえと、集団でぼこられて何にも喋れない状態になってもらうぞ。貴重な高校生活、病院で管に繋がれて過ごしたくなかったら、大人しく聞けよ？」

胸ぐらをつかまれて言われたそのセリフは、確かに結構な迫力だ。

ごくりと唾をのみこんで、口を開く。

「えっと、俺、携帯まだガラケーなんですけど、ガラケーの良さって知ってます？」

「はぁ？　ビビってパニクってんのか、テメェ」

呆れた顔をした相手の目を見る。

「結構、便利なんですよ？　丈夫で、何年も使えて、猶且つ、手元を見なくてもボタンの位置さえ覚えておけば操作可能なんですよね！」

ポケットから取り出した携帯を顔の前に突きつけて、にっこり笑って再生ボタンを押す。

『何にも見なかったことにして、誰にも言わずにいてくれってことだよ。じゃねえと、集団でぼこられて何にも喋れない状態になってもらうぞ。貴重な高校生活、病院で管に繋がれて過ごしたくなかったら、大人しく聞けよ？』

流れた音声に相手がひきつった顔になった。

周りが再びざわつくがさっきとは違って、戸惑いではなくふざけてんのかというざわめきだ。

脅すような顔が更に険悪になるが、残念、キレた貴成の方が怖い！

再び黒瀬の方を見ると、目を見開き、驚き切った顔をしていた。

先程までのすかした態度はどこにもなく、黒瀬のあまりに投げやりな態度に対してムカついていたので、ちょっと溜飲が下がる。

携帯を急いで内ポケットにしまいこみつつ黒瀬の顔を見て、ニヤッと嫌みに笑ってみせると、目の前にいたピンクモヒカンがぶちギレた。

「テメエ、ふざけてんじゃねーぞ!!」

そう言って殴りかかってくるのを見て、ちょっとやり過ぎたなと思いつつ、避けてから上段に突きを放つ。

当たって、注意が上方に逸れてから、足をこちらに引き付けるように払うっと。

頭の中で空手の先生に教わったことを思いだしながら、相手の足を払うと、油断していたようでズドンッと音を立ててきれいにぶっ倒れた。

試合でやったら反則だよなと思いつつ、倒れたピンクモヒカンの腹に一発入れてから離れ、周りを警戒するように視線を巡らすと。

ポカンとした黒瀬と目が合った。

さっきまでちょっと離れた所にいたのにと思ったが、黒瀬がかかって来たヤツに一発入れてから更に近づいて来たのを見て納得する。

どうやら心配して、助ける為に周りをあしらってここまで来てくれたらしい。

こっちもこっちで殴りかかってくるヤツに一発入れては、ぶっ倒してと続けていると、背後に移動していた黒瀬から何かを押し殺したような声で訊ねられた。

「……おい、ちょっといいか」

「何⁉ ぶっちゃけ、話に集中してる余裕は無いんだけど⁉」

「お前、喧嘩慣れてねえか？」

「五歳から中学卒業まで空手やってたから流せる程度、ぶっちゃけそこまで大したことはない」

「あー、そうかよ！」

そう言って苛立ちを紛らわせるように、回し蹴りで相手をぶっ飛ばす姿にちょっと感動すると、ギロリと睨まれた。

うん、ごめん。

「なあ、こんなことしたってことは、どうするか計画はあるんだろうな？」

必死に空手の技をくり出しながら、不良をあしらっていると、黒瀬から再び声をかけられた。

なんかもう諦めたような声音である。

それに対して悪いなと思いつつも、返事ができずに黙っていると、実に微妙な声音で再び訊ねられる。

「……まさか、無計画にやらかしたとか言うなよ？」

一瞬振り返って見ると信じられないような物を見る顔をしていた。

にっこり笑って頷いてみせるとホッとした顔をした。

前を向き様に叫ぶ。

「まあ、なんとかなるんじゃないか、多分！」

「……馬鹿だろ、お前！」

黒瀬が背後でぶちギレている気配に、力なく笑う。

いやね、実はやらかしたなと思ってんだよな。

思わず、喧嘩を売ってしまったが、喧嘩が馬鹿みたいに強い黒瀬がいるとはいえ人数差はヤバいから、疲れてきたらアウトだろう。

加えて騒ぎになった場合、黒瀬もヤバいが特待生の俺はもっとヤバかったりする。

どーしよ、さっきの録音で言い訳できるかな。ぶっちゃけ、自信は無いんだよな。

そんなことを考えながら、必死に喧嘩を続けていたが、避けようとした拳が避けきれずに結構モロに入った。

ゲホッとむせて、咄嗟の反応ができなくなった瞬間に、また次の拳が降ってくる。

ヤバい、ちょっと限界かも。

そう思った瞬間、ある音に気付いた。

ドラマとかでもお馴染みのパトカーのサイレン。だんだんと大きくなってくるその音に周りもざわめきだす。

そんな中で、澄んだ声が響いた。

「お巡りさん、こっちです！」

周りの不良がその言葉に舌打ちをして弾かれたように走り出す。

ほんの数十秒の間にあっという間に逃げ去るそれは成る程、慣れているんだなと思う。

思わず、ホッとして座り込みそうになってしまうが、俺達もかなりヤバイ。

さっさと逃げ出そうと走り出した瞬間、

『事件は現場で起こってるんだ！』

聞こえたセリフに思わずずっこける。

ちょっと待て、その有名なセリフは……。

次の瞬間、慌てたかのように、音量が急に上がったり下がったりした後、ブチッと切れた。

沈黙が広がる。

顔を上げると黒瀬も同じように呆気にとられた顔をしていた。

それがツボに入って、笑い転げながら座り込む。

黒瀬は憮然とした顔をしていたが、ポツリと呟いた。

「これ、お前がやった訳？」

「いや、違う」

違うけど、あの声は多分……。

そんな感じで考えこんでいると、再び黒瀬が口を開いた。

「お前、本当に何がしたい訳？　俺に恩売っても得にならないし、こんなことしたら割に合わねえだろ。取り入りたいなら、赤羽や黄原、白崎とかだけで十分だろ」

その声は馬鹿にしてるとかじゃなくて、本当に不思議そうだった。

思わず苦笑いしながら、口を開く。

「あのさ、一つ言っときたいんだけど。アイツらといて得なんてしてないから」

「は？」

「ぶっちゃけ、アイツら本当にめんどくさいからな。貴成は女嫌いヤバすぎてフォロー大変だし、黄原はコミュ障ものすごくて呆れるレベルだし、白崎は変な所で遠慮しすぎてハラハラするし、つーか、アイツらといると女子からマジ空気扱いだぞ！　地味なのは知ってるけどな、何も思わなくは無いんだよ！　俺だって彼女欲しいわ！」

一息で語った内容に黒瀬がなんとも言えない顔をした。

「それでも、アイツらいいヤツで一緒にいて楽しいから、一緒にいるんだよ。損得なんか考えてねえから。そんで、お前に仲良くなりたいって言ったのも、普通にいいヤツだなって思ったからってだけだよ」

「……なんで？」

「だって、馬鹿なことやらかしてるヤツにきっちり文句言えて、めんどくさいこと見なかった振りせずに手伝ってくれただろ。それにさっきだって俺のこと巻き込まないようにって庇ってくれたじゃん。いいヤツだな助けたいって思ったから首を突っ込んだ。そんだけ」

黙って聞いていた黒瀬は、ため息をついて呟いた。

「……お前、本当に馬鹿だろ」

その言葉に笑って口を開く。

「んじゃ、馬鹿ついでにもっかい言っとくわ。黒瀬、友達になんねえ？」

黒瀬は目を見開いて話を聞いていたが、複雑な表情を浮かべてから顔を逸らした。

そのまま、立ち上がって何も言わずに歩き去って行ってしまう。

「うーん、振られたか？」

思わず苦笑いしてしまう。

自分の恰好を見ると、つかまれた跡やら足跡やらでぼろぼろだ。

バレたらヤバいから、こっそり置いてあるジャージーに着替えなければいけない。

時間も結構過ぎていて、文化祭を回るのはもう無理だろう。本当に散々な文化祭である。

ああ、でも、モヤモヤしてるよりもずっとずっといいや。

＊＊＊

馬鹿だ。アホだ。何言ってるのかちっとも理解できない。

そんなことが頭をぐるぐると回る。

耳触りの良いことを言って近づいて来るヤツは何人もいた。利用しようとするヤツも。

だけど、もう用済みの役立たずだと知ると、期待はずれだと忌々しげに去って行った。

そんなもんだと思った。

いらないなら、せめてさっさと捨てて欲しくて、逃げ出したくて。

彼らが押し付けた色々を全て放り投げて、イライラするままに振る舞った。

そうしたら、更に周りの人は減って、逃げ出すことは許されないのに自分を見る瞳は更に冷たくなった。

やっぱりと全てがどうでもよくなっていた。なのに。

なんなのだ、アイツらは。

内申点とか騒ぎつつも、勿体ないよと言って声をかけ続けるあの女も。

関わる必要なんて無いであろう優等生なのに、友達になろうとか言ってくるあの馬鹿も。

本当に何なんだ。

頭の中がぐるぐると回る。

何も考えられなくて、ただ人気の無い所を目指して歩いて、屋上のドアの前にたどり着く。

ため息をつきながら、ドアに手をかけた時。

「やっぱり、高い所！」

後ろから聞こえたちょっと既視感を覚える声に振り返る。

長い真っ直ぐな髪の少女がちょっと涙目で、息を切らしながらそこに立っていた。

ぶつかってみました〜桜宮視点〜

黒瀬啓君の背景はとても重い。

小さい頃、母親に売られるような形で跡継ぎのできなかった黒瀬家の養子になって、愛人の子と色眼鏡で見られながら色々なことを強いられた。

必死に努力して、ようやくその期待に応えられるようになった中学生の時に本妻に子供が生まれ、その子を跡継ぎにされてしまった。

今までしてきた努力が無駄になり、且つ周りにいた人達が離れて行ったのを見て、荒れてしまう。やる気は無いが基本的に学校にいるのは、家にもどこにも居場所が無いと感じているからだ。だから、昔から好きだった高い所でひとりぼっちで時間を潰している。

それでも事情を知っている人達の中には同情して庇ってくれる人もいたのだが、彼が決定的に周りから距離を置かれてしまう出来事がある。

高一の時の文化祭で、よりにもよって校内に他校の不良を引き入れて、騒ぎを起こすのだ。

実際は黒瀬君のことを目障りに思っている黒瀬家の分家の人に仕組まれたことなのだが、学園の中で起こった事件はかなりの問題になり、彼はそのせいで更に孤独になった。

生い立ちのせいで、基本的に誰も信じようとしないし、仲良くなろうとか言ってくるヤツは家柄目的だけだと思っているので、攻略難度トップクラスの彼を攻略する為には、そんな事情を理解して彼の孤独に寄り添い癒してあげることが必要だ。

攻略の為には、必要な事件。だけど、彼の為には絶対に起こしてはいけない事件なのだ。

それを止める為に、彼に近づいて少しでも孤独を癒して自分をちょっとでも大切にできるようになればと思っていたけど、不良で且つあんなに重い事情の彼にどうやって話しかけていいか分からなくて。

押し付けるのは駄目だって思って、どうしたらいいか分からなくて迷って、全然上手くいかなくて、それなのに事件は近づいて来て、焦っていた。

だけど、出来ることを頑張ろうと気付いたから、ヒロインみたいにってこだわるんじゃなくて、せめて騒ぎになる前に喧嘩を止めれるように考えて、備品のスピーカーとかを借りて、ドラマでパトカーのサイレンが流れてるシーンを探して、近くに隠れて様子を窺っていた。

何回か練習もして、ちゃんと出来るはずだった。それなのに……。

なんで、篠山君が一緒に喧嘩してるの⁉

見付けた瞬間にびっくりして固まってしまい、すごく喧嘩が強い黒瀬君には敵わないけど、かなりの強さで相手を倒していく篠山君に思わず釘付けになってしまった。

篠山君が殴られたので、ハッと我に返って計画通りにパトカーのサイレンを流したけど、パニクり過ぎてドラマのセリフまで流してしまい慌てて止める。

やらかしたのが不良が逃げてからで良かったと冷や汗を流していると、黒瀬君が篠山君に話しかけた。

その言葉はゲームで見た時と同じで、誰も信じてなくて、誰かが側にいてくれるなんて信じられない彼そのままで、胸が苦しくなる。

……だけど、篠山君は本当にいつも通りに笑って友達になろうって言って。

あんまりにいつも通りの姿に、裏なんてなくて、本当に思ってることが分かった。

だから、黒瀬君が苦しそうな顔をしてその場を離れた時、なんでか思わず追いかけてしまったのだ。信じて欲しくって。

足が速い彼にただでさえ足が遅いのにさっきの緊張のせいで足がガクガクな私が追い付ける訳もない。

だから、設定を思い出して彼の行きそうな所に向かった。

見付けた瞬間に思わず声が出ると黒瀬君が訝しげに振り返る。

ちょっと考え込むような顔をしたが、すぐにこっちに向き直って呟く。

「……お前、さっきのサイレン流したヤツだよな？　声が同じだ」

あれくらいで声なんて覚えられないと思っていたので、驚きながらも頷く。

不意に、ひょっとしてあの不良達にも声を覚えられたのかもしれないと背筋が凍った。

黒瀬君は怖くて固まってしまった私を不思議そうに見て、ため息をつきながら口を開いた。

「お前もアイツらの仲間な訳？」

「アイツらって？」

「……染谷と篠山だよ。何が目的な訳？　なんで俺なんかに関わってくるんだよ」

本当に苦しそうな声と言葉に唾を飲み込む。

ゲームで同じような声と言葉でヒロインに訊ねるシーンを思い出した。

だけど。

あのシーンとはもう色んなことが違って、これはちゃんと現実だから。

息を吸い込んで口を開く。

今の自分が思っていることを言葉にした。

「……凛ちゃんは格好いいんだよ。色々と辛いことがあって、それでもちゃんと前を向いて、頑張ろうって思ってるの。身内に押し付けられた理不尽を乗りこえて、ちゃんとやりたいことを頑張っているんだよ。……多分、同情かもしれないけど、黒瀬君のこと似てるって言って心配してるの。内申点とかふざけたことを言って誤魔化してるけど、本当に黒瀬君のことを思ってるんだよ」

黙って聞いていた黒瀬君は身内に押し付けられた理不尽と言う言葉にちょっと視線を逸らした。

彼も聞いていたのだろう。彼女に対する心ない言葉を。あれだけ騒ぎになってしまっていたから。

そして、知っているはずだ。凛ちゃんがそれでも前を向いていたことを。

少し似た境遇の彼女の姿を思い出したのか、黒瀬君が泣きそうな顔をして、それを振り切るように無表情になって再び口を開いた。

「……じゃあ、篠山は何なんだよ。染谷みたいに得することも同情できるようなこともないだろ。仲がいいヤツいっぱいで何の悩みもない順風満帆な優等生じゃないか。なんで関わってくるんだよ！」

その言葉にちょっと詰まった。

そうだよ、篠山君は。

篠山君は……。

「度を越したお人好しなんだよ！」

思わず張り上げた声に驚いた顔をしたが、それに構っておれず、心の中でぐるぐるしてたことを思いっきり吐き出す。

「特待生で自分のやらなきゃいけないことだって沢山あるのに、困ってる人がいたらほっとけなくて、直ぐに首を突っ込んで、その人助けようとして必死に頑張っちゃうの！　それも男の子だけじゃなくて、女の子にも下心無しでやらかすし！　態度悪かっただろう、めんどくさい女の子にも、一生懸命ぶつかって、それでいて前と変わらず明るくおはようって言ってくれて。本当にもう、お人好し甚だしいし、優しいし、大人っぽい所あると思ったら、急に子供っぽくなるし、本当にめんどくさい人なの！　裏なんてある訳無いでしょ！　ただの馬鹿みたいなお人好し！」

本当にそうだよ。

いつでも一生懸命で、馬鹿みたいにお人好しで。

凛ちゃんみたいに、……ううん、凛ちゃん以上に真っ直ぐで恰好良くて、面倒臭いんだよ。

思いっきり吐き出したせいで、落ち着いていた息がまた切れて。

肩で息をしている私をぽかんとした顔で見てた黒瀬君はフッと吹き出した。

「……つまり、二人とも裏なんて無いと」

そうだ、それを信じて欲しくて追いかけたんだ。

熱くなったのを恥ずかしく思いながら頷くと、深く息を吐き出して、

「そうか」

と呟いた。

安心したような、ホッとしたような泣きそうな顔で。

思わず凝視すると、恥ずかしそうに顔を逸らした。

「……まあ、お前が言いたいことは分かったから、さっさと他のこと行けよ。ここは俺が先に来たんだから」

そう言って、屋上のドアに手をかけるが、さっきのように心を閉ざして逃げるのではなく、照れ隠しのようなものだろう。

ちょっと笑いそうになるのを必死に堪えて頷いて、大人しく階段の方へ向かう。

ドアを閉める直前に黒瀬君は思い出したように振り返って、私に声をかけた。

「お前、本当に面倒臭いのに惚れてんな」

……………へ？

ガチャンと音が響いて、誰も居なくなったドアの前で立ち尽くす。

えっと、あれ、今、何を言われた？

黒瀬君の言葉が頭の中をぐるぐると回る。

私が、惚れている。

……誰に？

今の状況で言われる人なんて……。

え、え、え。

「えぇーーー!!」

思わず出た声は思った以上に階段に響いた。

気付きました～桜宮視点～

呆然としたまま階段を降り、人のいる所まで戻ったけど、頭の中は真っ白だ。

私が、篠山君のことを……？

いや、いや、いや。

また浮かんできた思考を頭を振って追い出す。

……ち、違うんじゃないかな。

だって、私は面食いだ。

理想のタイプは、まるで王子様みたいにかっこよくて、落ち着きのある人だ。そう、まさに赤羽君みたいな！

篠山君は私の理想と全く違う。顔はちょっと地味だし、落ち着いてるとは言えないし。一生懸命な時の顔は、ちょっとかっこいいかもしれないけど、それでも赤羽君とか黄原君とかの方がはるかに上だ。

それに、漫画や乙女ゲームで言うような、胸がときめいて恋に落ちる瞬間なんて無かったじゃないか。

まだ、逆ハーにこだわっていた時に、要注意かな、と思って観察するようにしたら癖がついちゃっただけだろう。

それに……。

篠山君が赤羽君達といる時の楽しそうな顔とか、凛ちゃんの話を聞いた後の晴れやかな顔を思い出す。

生き生きとして、キラキラとした顔をしてる時、私なんかは視界にも入っていない。

しかも、私は自覚なくひどいことをして、篠山君にひどいこと言って迷惑をかけた。

だから、篠山君だって私なんて願い下げだろう。

自分で思ったことに何故か落ち込んでしまう。

思わず深い深いため息をついた時、放送が流れた。

文化祭の終了と一般客の退場を知らせるお知らせだ。

その知らせにハッと我に返る。

文化祭が終わった後、一～二時間ほどは片付けと称しながら、余った食品などを持ち寄って、クラス関係無しに騒ぐのだと聞いている。

それから、明日の体育祭に備えて一端お開きにして、体育祭が終わった後は学園祭の結果発表をしてからキャンプファイヤをやって本当にお祭騒ぎらしい。後日の片付けが大変なことになるらしいけど。

それでも、優勝した団だけやる特別応援がキャンプファイヤに照らされてすごくすごく綺麗で皆で騒いですごく楽しいらしいのだ。

黒瀬君の事件もなんとかなって、後は楽しいことといっぱいなのだ。切り替えて楽しもう。

そう思って、自分の教室に戻ろうといそぎ足で歩きだすと、廊下の曲がり角の所で誰かにぶつかった。

ヤバい、ぼーっとしすぎだ。

慌てて、顔を上げて謝る。

「す、すみませ……」

声が途中で途切れた。

ぶつかったのは、髪を派手な金髪に染めた、如何にも不良といった感じの男子だった。

普段だったら、怖いけど固まってしまうほどではない。

……だけど。さっきの喧嘩の時のことを思い出す。テレビで見るのとは全然違う生々しい殴り合いは怖かった。上手くいくって言い聞かせていても、見つからないかって足がすくんだ。

黒瀬君が私の声を覚えていたことが頭をよぎる。

どうしよう、さっきの不良だったら、私の声を覚えていたら、バレるかもしれない。バレたら、きっとただでは済まない。

怖くて怖くて、固まってしまった私の前でぶつかった不良はチッと舌打ちをして、それに更にビクッとする。

「いってぇなあ。どこ見てんだよ」

そう言って私の顔を見て、おっ、と小さく呟いた後、ニヤッと笑った。

嫌な笑いにゾクッとする。

「お前、何やってんだよ」

「いやね、この子がぶつかってきたせいで腕が痛くて痛くて」

「マジでー。ちょっと、責任取ってよ」

「君、可愛いからさ、俺たちと遊んでくれたら許してあげるよ」

そう言って、腕を掴まれた。

怖くて声が出ないが必死にふり絞る。

「あ、あの、離してください……！　片付け行かなきゃいけないんで」

「そんなのサボればいいでしょ？　ほら、行くよ」

腕を引っ張られて、連れて行かれる。

声を出さなきゃと思うのに、さっき以上に声が詰まってしまう。

「や、やだ……！」

涙が出そうになった時、

「すみません、もう一般客は退場の時間なんで早く校門に向かってください」

聞きなれた声が聞こえた。

振り返ると、さっきボロボロになったからかジャージー姿で、だけど、普段見ないような真顔で篠山君が立っていた。

「あぁ？　うるっさいなあ」

「あはは、決まりなんで。それと、その子ウチのクラスの子なんで返してください」

「はぁ？　この子、今から俺らと遊ぶの。ほっといてもらえるー？」

そう言われた瞬間、篠山君の目がスッと変わった。凛ちゃんが絡まれてた時みたいな変化に状況も忘れてちょっと見とれる。

「弁護士呼ばれるような事態になりたくなきゃ、さっさと引いとけっていってんだよ」

「はぁ？」

「分かりません？　ここ、県下で一番の金持ち学園なんですよね。問題になったら、まずいのそっちですよ。大方、お嬢様引っかけてとか思ってたんだろうけど、目論見甘過ぎだから」

不良達が目に見えてたじろいだ。

篠山君は、不良の目を真っ直ぐ見て続ける。

「女の子泣かせるようなダッサイ真似してないでさっさと出てけって言ってんだよ」

不良達はちょっとの間、固まっていたが舌打ちをして、ようやく私の手を離して立ち去って行った。

篠山君は、不良多すぎだろ、とか、黒瀬のハッタリ参考になったな、とか呟いていたが、まだ固まったままの私を見て、いつもと同じ感じでにっこり笑って声をかけてくれる。

「大丈夫だったか？　桜宮」

控え目に頭にポンッと手を置かれる。

その温かさと、さっきの恐怖と、頭の中を回ってる疑問で一気にキャパを越えた。

「う、うん」

涙が決壊して泣き出してしまう。

「ちょっ、桜宮!?」

篠山君が思いっきり慌てているが、泣き止むことができない。

しゃくりあげながら泣いている私に更におろおろとしていたが、思い付いたように口を開いた。

「え、えっと、ちょっとここで待ってて。あ、いや、ゆっくり休める所に行った方がいいのか？　えっと、付いてきてもらえる？」

そう言って遠慮がちに手を引かれて頷く。

休憩所に連れてかれ、ベンチに座ると篠山君が自販機で冷たいココアを買って戻ってきた。

「えっと、目腫れるといけないから、これで冷やして。それと、甘い物飲むと落ち着くから、これ飲んで。……あ、冷やしてると飲めないじゃん。つーか、顔拭く物。えっと、このタオル。あー、使ったヤツだから駄目じゃん。えーと」

私が泣いているのを見てはおろおろと慌て続ける篠山君は、さっき不良から助けてくれたのと別人のようだ。

その慌て具合いに思わずちょっと笑ってしまうと、ようやくホッとしたように息をつく。

ポケットから取り出したハンカチで顔を拭いて、買ってくれたココアで目のあたりを冷やす。

ちょっとの間、二人とも無言だったが、篠山君が私が落ち着いたのを見て、口を開いた。

「桜宮、刑事ドラマ好き？」

「え、えっと、普通かな」

「俺は結構好き。特に、『事件は現場で起こってるんだ』が決め台詞のヤツが面白いと思うんだよな」

篠山君が言った言葉のドラマの台詞に思いっきり動揺する。

そっと篠山君の顔を見上げると、悪戯が成功したような顔で笑っていた。

「やっぱり、桜宮か！　声でそうじゃないかと思ってたんだよな」

し、篠山君にもバレてる！

一人あわあわとしていると、篠山君がちょっと真面目な顔になって口を開いた。

「なあ、桜宮って、もしかして転……」

篠山君は言いかけてた言葉を途中で止めた。

ちょっと首をひねってから、

「まあ、いっか。桜宮は桜宮だし」

と呟いた。

不思議そうな顔をしている私の顔を見て笑う。

「あー、ごめん。なんでもない。それよりも、本題なんだけど、桜宮、ありがとうな」

真剣な顔で私の目を真っ直ぐ見て言葉を紡ぐ。

「さっき、助けてくれてありがとう。俺、ノープランだったし、桜宮いなかったら絶対ヤバいことになってた」

あんまりに真面目な顔で言われるので、ちょっと慌てる。

「え、いや、大したことしてないし……」

「そんな訳無いだろ。さっき、不良に絡まれてあんなに怯えてたのに、あんなことしてくれたんだから、相当頑張ったんだろ。だから、桜宮、本当にありがとうな！」

そう言って笑った篠山君の顔に固まった。

普段、赤羽君達に向けているような、あの時、凛ちゃんに向けてたような、キラキラで生き生きとした笑顔。

それが私に真っ直ぐ向かっていた。

固まったままの私に篠山君はちょっと首を傾げたが、後ろの方から声をかけられる。

「あれ、篠山じゃん。何やってんだよ？」

篠山君が振り返って答える。

「……あー、バケツひっくり返してやらかしちゃってな。それで、迷惑かけたからお詫び中」

「それでジャージーな訳か。あほだー！　それと、片付け手足りないんだけど来てくんね？」

「るっさいわ！　……ごめん、クラスの片付け行ってくる。本当にありがとうな」

そう言ってから小声で、もうちょっと目元戻ったら来いよ、と言って立上がる。

クラスの男子とわいわい騒ぎながら遠ざかっていく声が聞こえなくなった時、ようやくフリーズが溶ける。

両手で顔を覆った。

ああ、もう、本当に。

「篠山君の馬鹿……」

気付いちゃったじゃないか。気付くしかないじゃないか。

不良から助けてくれたのがすごくかっこよくて。

慌てつつも、必死に心配してくれたのが嬉しくて。

……そして。

あのキラキラした笑顔を向けてくれたのが、篠山君の視界に入れたのが、泣きそうなほど嬉しくて。

「……いつから？」

呟いたけど思い出せない。

だって、ずっと見てたから。

頭良くて、運動も出来る。

明るくて、友達もいっぱい。

顔はちょっと地味だけど、手は意外と大きくて、声は低くて男の子っぽい。

だけど、大人っぽいかと思えば、本当に呆れるほど子供っぽくなったりして。

時々、びっくりするほど抜けてて。

極めつけは、超が付くほどのお人好しで、いつも一生懸命でキラキラした目が格好いい。

漫画やゲームみたいな劇的な瞬間なんて無くて、だけど、気付かない内に積もっていた。

理想とは全然違うけど、それでも誰よりも格好いい。

そんなの答えは一つじゃないか。

彼がくれたココアをぎゅっと握りしめて呟いた。

「……大好き」

私、桜宮桃は篠山君に恋をしました。

祭が終わりました

「うわー、綺麗だな」

思わず呟いた。

広い運動場の真ん中でのキャンプファイアは、小学校の時の自然教室の物とは比べものにならないくらいに立派である。

内部生の奴らが言うだけあるんだなと内心で独り言ちた。

学園祭の結果発表も終わって、後夜祭である。

昼間の体育祭はすっげえ楽しかったけど、結構疲れた。

昨日、喧嘩したせいで割とくたくたになってたし。どうしたって心配する貴成達を誤魔化すのも結構大変だった。

だけど、思いっきり走って、応援して、応援合戦の時には応援団の格好良さに感動して。

昨日の文化祭は色々やってたら終わってしまった感じだったけど、今日の体育祭は本当に楽しめた。

今日と昨日の色々なことを思い出しながら、キャンプファイアを見つめて、不意に喧嘩の後のことを思い出す。

昨日、黒瀬と一緒に不良と喧嘩した後、桜宮にお礼を言いに行った。

喧嘩してた時にすごく用意周到な助け船を出してくれたことに、色々思わなかった訳ではない。

だって、あれは絶対に偶然なんかじゃ説明はつかない。

前の紫田先生や白崎のことを考えても、多分、桜宮は転生者なんだろうなと思う。

しかも、俺とは違ってシナリオの内容をしっかり覚えているのだろう。

俺は妹がやってたくらいで、攻略対象者の名前に色がつくのと、本当にぼんやりとした特徴くらいしかほとんど覚えていない。

だから、あれが桜宮ってことが確かめることができたなら、色々聞いてみようかなと思ったけど……。

校舎を走り回って、やっと見つけた桜宮は不良に絡まれて泣きそうになっていた。

不良は追い払うことができたけど、その後、泣き出してしまった。

我ながら情けないくらいに慌てまくって、ようやく落ち着いた時、聞いてみたらあの声はやっぱり桜宮だった。

だけど、まあ良いかと思ったのである。

だって、桜宮はヒロインだけど、〝桜宮桃〟という普通の女の子だ。

結構ミーハーで、勉強や運動は苦手、料理も下手、しかもけっこうおっちょこちょい。だけど、結構良いヤツ。そして、不良に絡まれて泣いてしまうくらいに普通な女の子。

そんな子がシナリオを覚えていたとしても、不良の喧嘩を止めようとするのは相当怖かっただろう。

だから、別に転生者ってことをハッキリさせて対応変えたり、変えられたりするよりも、すごく頑張って俺達のことを助けてくれただろう桜宮に普通にお礼を言いたかった。

だから、転生者とか乙女ゲームとかそんなこと、聞かないし、言わなくても良いだろうと思った。

普通は未来なんて分からないのが普通だし。

それに、桜宮は桜宮だしな。

そんなことを思って、ちょっと格好つけな台詞かなと、ちょっと恥ずかしくなった時、肩を叩かれた。

「いい加減戻ってこい、正彦」

声の方を振り向くと、貴成が呆れた顔をしていた。

黄原と白崎も苦笑ぎみである。

うん、昨日のことに意識飛びすぎた。

「すまん、ぼーっとしてた」

「篠やん、結構、ぼーっとしてるよね」

「そうですけど、風邪とかじゃないですよね？　昨日、バケツの水被ったって言ってましたし」

「あははは、平気平気。俺、丈夫」

昨日の誤魔化しを信じて、普通に心配してくれている白崎にちょっと罪悪感を感じる。

ちょっと棒読みぎみになってしまったが、慌てて誤魔化すと、貴成に軽く頭を叩かれた。

「ちょっ、何すんだよ」

「うるさい。……最近のことは本当に大丈夫になったんだよな？」

後半だけ小さな声で言われた言葉に、ちょっとだけ目を見張って、ニカッと笑った。

「おう！　スッキリ解決したぞ」

俺の顔を見た貴成がちょっと笑って、そうか、と呟いた。

応援合戦で優勝した団の特別応援があるまでの間、有志によるバンドの演奏とかを見て、駄弁っていると後ろから声をかけられた。

「あ、篠山だ。どもっ！」

振り返ると案の定、染谷が立っていた。

暁峰と、ちょっと意外なことに香具山さんも一緒だった。

仲良いのかなと思っていると、染谷がにやにやしながら話し掛けてきた。

「篠山、一―七、総合成績、七位おめでとう」

その言葉にコイツが何をやりに来ているのか分かった。

さっきの後夜祭の初めの総合成績発表で、ウチのクラスは七位だった。全校で二十四クラスある中でまずまずと言った感じである。

まあ、文化祭はイケメン効果で結構良いところまでいったけど、上級生でめちゃめちゃ凝ってる所いっぱいあったしな。

体育祭は応援合戦も含めてすごく頑張ってたけど、応援合戦に関しては人数の関係で各学年の一組ごとで一団とか言った感じだから、その点数は団ごと加算だし。

競技に関しては貴成とか俺とかで頑張ったから結構良かったんだけど、まあ。

暁峰に呆れた顔をされながらも、にやにやした顔で俺を見ている染谷に、仕方なく口を開く。

「……はいはい、総合成績、五位おめでとう」

「ありがとう！」

染谷達、一―二の文化祭はお化け屋敷をやって、音響効果とかに拘りまくったそれはかなり評判が良かった。

体育祭に関しては、染谷、暁峰を筆頭に女子で運動神経が良い子が多くて、女子の競技でかなりの点数を稼いでいた。……それに、

「いやぁ、黒瀬が参加してくれるとは思わなかったんだけど、お蔭で良い結果になったのよね」

あのサボリ魔の黒瀬が参加してたのである。

あの喧嘩の時も思ったけど、かなり運動神経が良かった。

貴成とかと同じ組で走ってくれれば良い勝負だっただろうけど、出ると思ってなかった為、何の

対策もしておらずバンバン一位を取られたのである。

染谷はよほどそれが嬉しかったようで自慢しに来たのだ。

「止めなさいよ、もう。恥ずかしいわね」

「良いじゃん。あの黒瀬が出てくれたんだよ！　総合成績五位だよ！　嬉しいじゃん」

「そうだね。凛ちゃん、良かったね」

そう言って笑っている染谷の笑顔に黒瀬のこと、気にしてたもんなあと思う。

俺も、あの一匹狼気どってた黒瀬が体育祭参加とかちょっと嬉しい。

そんな感じでじゃれてる女子達に白崎がにこやかに話しかけた。

「おめでとうございます。染谷さんも暁峰さんもすごく速かったですね」

「そうだね〜。夕美、昔から足速かったもんね」

「智はスタートの時に緊張しすぎなければもうちょっと速かったと思うわよ」

「そうだな。緊張し過ぎだ、黄原」

「……夕美も赤っちも容赦無いよね」

そんな会話をクスクス笑って見てた香具山さんに、白崎が声をかけた。

「香具山さんもすごく活躍してましたね。びっくりしました」

「ありがとうございます。スポーツ好きなんです」

そう、香具山さんも文学少女な見た目を裏切って、めちゃめちゃ速かった。

まあ、あの時の剣幕や、合気道有段者と言って、にっこり笑ったのを思い出すと納得なのだが。

「香具山さんって、染谷達と仲良かったんだな」

さっき思ったことを聞いてみると、何故か女子達がちょっと顔を見合わせた。

「いや、今日、初めて喋ったんだけどね」

「え、そうなの？　でも、めっちゃ仲良さそうだよな」

そう言うと染谷が香具山さんの顔を見て、

「えっと、言ってもいい？」

と聞いた。

香具山さんはちょっとため息をついて、

「どうせ広まるでしょうし、聞かれるなら、早い方が良いよ」

と言った。

その言葉を聞いて染谷が話し出す。

「えーと、私の噂あったじゃん」

「そうだな……」

あの後、茜坂先生がどんな手段を使ったのか噂は下火になり、女の子相手に言いくるめられたからと酷い噂を捏造した馬鹿の噂が広まっている。

なんかもう、本当に茜坂先生は怖いが、それに大分ホッとした。

「なんか思ったよりもすぐに鎮静化したんだけど、まだ何か言ってくるヤツはいるのね。それで、イヤミ言われてる時に詩野が偶々いて。……相手をけちょんけちょんにしちゃったんだよね」

「……はい？」

思わず聞き返すと、染谷と暁峰がちょっと苦笑いしながら続ける。

「いや、すっごく格好良かったのよ。相手の男子に一歩も引かずに文句を言って。……思ったよりも激しくてびっくりしたけど」

「うん。そうだよね。理路整然と相手に意見言ってた。……最後には、相手の男子が泣きそうだったけど」

ちょっと沈黙が降りた。

如何にも大人しそうな外見に、黄原と貴成がびっくりした顔で香具山さんを見つめている。

香具山さんはちょっと恥ずかしそうで、本当にそんなことやる感じには見えないが、……正直、あの時の白崎へのキレ方を思い出すと。

うん、大変に迫力満点で格好良かったでしょうね。

一人それを聞いても、にこやかに笑い続けている白崎が口を開いた。

「それで仲良くなったんですか？」

「そうだよ。もう、あんまりに格好良いから、声かけちゃって」

「きっぱり、さっぱりしてて、気持ちいいわよね、喋ってて」

染谷と暁峰がそう口々に言うが、香具山さんはちょっと遠い目だ。

「……あんまりやらかしすぎて、ちょっと周りの子に引かれちゃったんですけどね」

「え、そうなんですか？」

「そうですよ。特に男子とかはドン引いてましたもん。白崎君も最初はそうだったじゃないですか」

香具山さんがそう言うと、白崎がちょっと驚いた顔で口を開いた。

「いえ、そんなことはありませんよ」

「……嘘はいいですよ」

「いえ、ちょっとびっくりしましたけど、本当に格好良いと思いましたよ。素敵な人だなと思いました」

その言葉に香具山さんがポカンとした顔をした時、染谷が俺達の後ろの方を見て、パッと顔を明るくした。

「あっ、桃だ！」

振り返ると桜宮が立っていた。

そう言えば、今日は話すの初めてかもしれないなと声をかける。

「おー、桜宮、お疲れ。暁峰とかもいるし、こっち来たら？」

桜宮は俺の顔を見て、固まっていた。

少し不思議になって、もう一度声をかける。

「おーい、桜宮。聞いてる？」

「あ、ひゃい！」

慌てて返事をしたが、思いっきり舌を噛んだようで口を押さえる。

「大丈夫か、桜宮？」

思わず、近くまで行って声をかけると、桜宮が真っ赤になった。

え、何？

「だ、だい、大丈夫だ、よ。えっと、し、詩野ちゃん達のところ、行くね」

そう言って、染谷達の背中に隠れるような位置に走った。

「どうしたの、桃？　あら」

桜宮の顔を覗き込んだ染谷がニヤッと笑って、こっちを見た。

暁峰と香具山さんも桜宮を見て、ちょっと微笑ましそうな顔をする。

「桜ちゃん、どうかした？　こっちからだと、桜ちゃん、篠やんで隠れて何が起きたか分かんなかったんだけど」

「いや、俺も分かんねえ」

そんな会話をしてると、ドーン！　と太鼓の音が響いた。

キャンプファイアの近くに作られた舞台に優勝団の応援団が立っていた。

後夜祭の締めの特別応援が始まるらしい。

さっきまで各々喋っていた生徒が、舞台を見て歓声を上げる。

ドーン！　と再び太鼓の音が響いて始まった特別応援は背後のキャンプファイアに照らされて、とても綺麗で格好良い。

それを皆で眺めて、ああ、楽しいなと心から思いながら、最後に一際大きく太鼓が鳴り響いて、学園祭は終了した。


学園祭が終わって数日後、本格的な後片付けがようやく終わった頃。

「おい、篠山」

教室の入り口の所で黒瀬が呼んでいた。

ちょっとびっくりしながらも返事をする。

「ん、何？」

「……ちょっと付いてきてくんねえ？」

何の用だろうと思いつつ頷き、喋っていた貴成に行ってくると告げてから付いて行こうとすると、

「おい、危なくないのか」

貴成が心配した顔でそう言った。

そういや、悩んでた時とかも心配してたもんな。中学の時、不良と揉めた時とかもすっげえ心配して、怒られたのを思い出す。

安心させるように、ニカッと笑って口を開く。

「ん、大丈夫、大丈夫」

すると、ちょっとため息をついて呟く。

「お前の大丈夫はあてにならない」

信用無いな、俺、と思いつつも心配かけていたのは分かっているので、黒瀬に声をかけた。

風
?

「……黒瀬、わりぃけど貴成もいっしょでいいか。こいつ、意外と心配性で面倒くさいから」

その言葉にちょっと文句ありげな貴成は無視して、黒瀬の反応を窺うと、ちょっと迷うそぶりを見せたが了承した。


連れて行かれたのは、校舎裏だった。

何をするんだろうなと見ていると、カバンから何かを取り出して、俺の前に突きつけた。

「やる」

咄嗟に受け取って何か確認すると雑誌だった。

俺がよく読んでいる、この前ジュースでぐしゃぐしゃになってしまったのと同じ物。

思わず、黒瀬の顔を見つめると、どこかばつが悪そうな顔で、

「俺のせいで駄目にしただろ、やる」

と言った。

ちょっとそっぽ向きながらも、前のように立ち去ったりしないで、俺の反応を窺っている黒瀬にクツクツ笑いが込み上げる。

わざわざ校舎裏なんかに呼び出したのは、雑誌が校則で禁止されているからだろうか。自分は堂々とウォークマンをいじっているのに。

ごめんとか、ありがとうとか言う気は無さそうだけど、俺も別に言って欲しくないから、どうでも良い。

だけど、発行数が少ない雑誌を発売日からちょっと経ってから手にいれたということは相当探し回った筈だ。

染谷の言葉を思い出す。

本当に、ひねてるけど良いヤツだわ。

「お前、意外と律儀なのな。サンキュー」

そう言って軽く受けとると、そっぽ向きながらもちょっとホッとした顔をした。

……ツンデレ乙とか言ったら、怒るだろうな。

「……この前の奴らし何も無かったか？」

アホなこと考えてたら、黒瀬が再び口を開いた。

どうやら心配してくれているらしい。

「大丈夫だぞ。会ってないし、会ってもどうにかできるから」

そう言うと、小さく、そうか、と呟いた。

「そういや、アイツ……」

黒瀬が再び口を開いたが、途中で口をつぐむ。

「どうした？」

「……いや、俺が言うことじゃないなと思ってな。何でもねえ」

そう言って、ちょっとニヤッと笑って口を開く。

「まあ、色々と頑張れよ、って言っといて」

へ？

何のことかさっぱり分からなかったが、聞き返す間も無く、さっさと立ち去ってしまった。

何のことだろうと首を傾げるが、後ろから肩を掴まれて振り返る。

「おい、この前の奴らって何だ？」

貴成が眉間にシワを寄せて、こちらを見ていた。

……うわあ、やらかしたかな、これ。

取り敢えず、貴成の追及をかわそうと、黒瀬の言葉を頭から追いやって、誤魔化すような笑みを浮かべた。

番外編

情報源の舞台裏
～紫田先生視点～

Cho donkan mob ni
heroine ga koryaku sarete,
otome game ga hajimarimasen.

放課後、歩いていると、教室でプリントを整理していた生徒を見つけた。

それが誰か確認して、声をかける。

「よ、篠山。真面目にやってるか？」

「紫田先生、失礼ですよ。俺はいつだって真面目です！」

「どの口で言うの、お前」

軽口叩きながら、軽く吹き出す。

篠山は、こう言うと聞こえが悪いかもしれないが、お気に入りの生徒という感じだ。

元々、友達も多く、授業を真面目に受けてくれるので、教師としては安心で心配の無い生徒という感じだった。

講演会の準備で関わりが増えてからも、熱心で真面目で、いいヤツだなという感じだった。

その印象が崩れたのは、講演会での書類紛失事件からだ。

書類を必死に探し回っていた時に、キレた芝崎先生と、それを冷めた目で見やる篠山を見つけた時の混乱は、ヤバいどころではなかった。

そして、事態がようやく飲み込めた時、思い浮かんだことは、芝崎先生への怒りと、……何やってんの篠山コイツというなんとも言えない脱力感だけだ。

芝崎先生に嫌われていたことは、普通に知っていた。

まあ、叔父が学園長やってる学園に就職とかコネ以外の何物にも見えないだろうというのは分かっていた。

実際は、コネなど全くなく、むしろ、親戚なんだから評判下げるようなことするな、と厳しく当たられているだけである。

それを知った上で、思い入れがあるこの学園に就職することを決めたのだから、後悔など何もない。

だが、学園への迷惑を何一つ考えないアホ臭い嫌がらせは、心底腹が立った。

だけど、その横ですでに傍観者のように、感心したような目をこちらに向けていた篠山に脱力してしまったのは、否めない。

まあ、そのおかげで芝崎先生にキレ過ぎずにすんだのは良かったかもしれないが。

そして、終わった後にやったことを聞いた時は、……普通に予想を越えたやらかし具合に、怒るわ、呆れるわ、脱力するわで、今までの印象なんて容易くぶっ壊された。

その後、遠い目をした成瀬先生と篠山の扱い方に関して少し話し合ったのは余談である。

まあ、そのおかげで、今までこだわっていた色々に見切りを付けて、自然体で仕事をできるようになったが。

つまる所、真面目な優等生は、行動の読めない問題児であった。

その上で、俺は裏表無くお人好しなコイツのことを気に入っている。

クラスで目立っているヤツらと、仲が良いのもそこら辺が良いんだろうな、と思う。

どうにも要領が良さそうではないアイツらには、こんな風に何も気にせず付き合ってくれる篠山の側は居心地が良いのだろう。

「ま、いいや。どうせ成瀬先生からの頼まれ事だろ？　手伝ってやるわ」

そう言うと、思いっきり目を輝かせた篠山に、

「あ、じゃあ、これよろしくお願いします！」

と、保健室へ持って行く記録用紙を手渡された。

「……」

その輝かんばかりの笑顔に、思わずヒクリと顔がひきつる。

「あー、篠山。お前、茜坂先生と何かあった？」

そう言うと、微妙に顔を逸らして、

「……特に、何も？」

その反応に、もう何も聞くことをせずに、その記録用紙を受けとる。

普通に、雑用のことだと思ったのだろう篠山に、後ちょっとで終わると笑いながら言われ、軽く手を振ってその場を後にした。

「……まあ、頑張れよ」


保健室の前で、軽くため息をつく。

そして、ノックをして、失礼しますとドアを開けると、

「あら、紫田先生、ご苦労様です！」

朗らかに明るく言った、茜坂先生に出迎えられる。

それに対して、再び顔がひきつるのを抑えられない。

「……止めませんかね、それ。ものすごく、白々しいんですけど」

そう言うと、にっこり笑って、

「ドア閉めてくださいな」

言外に言いたいことを、なんとなく察し、さっさと閉める。

すると、先ほどの愛想の良さなんて、まるで無かったかのように、

「ドア開けたままで、地で話せる訳ないじゃない」

冷たく吐き捨てるのだからやってられない。

「……俺にも、猫かぶりで話してくれたら、俺的に楽だったんだけどな」

「嫌よ。私って、猫被り状態だと性格も見た目も良いでしょう？　万が一にでも、惚れられたら面倒だもの。私、イケメンとか本当に付き合いたくないのよね」

これである。

俺は、明るく親しみやすい、人気の保健師の素を知っている。

ただ、理由に至っては、先ほど茜坂先生が言ったように、親しみの欠片もないが。

本人曰く、素を出せば、大抵の男は逃げるから、らしい。

「……ま、いいや。記録用紙、置いていくぞ」

「あら、ありがとう。それから、それだけじゃないでしょう？　最近、どうかしら？」

顔がひきつる。

そう、この人は俺を情報源の一つとして使っている。

教師で、猶且つ、学園長の親戚である俺は、情報源としてとても良く、その為にわざわざ素を出してまで、近づいてきたらしい。

本当に、全く嬉しくない現状である。

「……あんた、篠山に何かしただろ。明らかに避けられてんぞ」

「あらー、可愛がり過ぎたかしら？　面白いのよね、色々と」

クスクスと笑う姿に、確かにこれは大抵の男は逃げるわ、と納得してしまう。

「ま、いいわ。で、最近どんな感じかしら？」

「……本当に、特に何も無いぞ。芝崎先生は、相変わらず俺を嫌ってるし、クラスも特に何……も」

言いながら、ふと、篠山が最近、桜宮と仲が悪そうなのを思い出す。

篠山は、大抵の場合、どんなヤツとも上手くやるので気になっていたのだ。

「あら、クラスでなあに？」

「いや、別に大したことじゃ」

「私、とっても、知りたいわね」

笑顔で圧力をかけられて、屈する。

篠山、すまん。

「……篠山と、桜宮が最近仲が悪そうだというだけだ」

「あらー、なるほど」

面白げに、笑みを浮かべながらのその言葉に、心内で本気で篠山に詫びる。

どうやら、素かそれに近いものを知ってしまっているらしいアイツは、振り回されることだろう。

「うん、ありがとう。とりあえず、それだけでいいわ。それから、言いたいことあるならどうぞ」

「はい？」

「愚痴くらいなら、聞いてあげるわよ。ねちねちやられてんでしょ」

そう素っ気なく言う彼女に、茶化す感じは一切なく、内心でため息をつく。

どうにも、便利に使われているが、この中途半端な優しさのせいで、未だに付き合いが途絶えない。

この仕事は、思った以上に大変だ。

だけど、俺の為に無茶してくれるお人好しな生徒がいて、素っ気ないが愚痴を聞いてくれる人もいる。

だから、ちゃんと頑張らなきゃいけないと思えるのだ。

書き下ろし番外編

懐かしい夢

Cho donkan mob ni
heroine ga koryaku sarete,
otome game ga hajimarimasen.

ジリリ……、ジリ……リ。

古くなった目覚まし時計の少し小さくなったベルの音で目を覚ました。

見る度、ボロいなと思うけど、買い換えるつもりはない。まだ使えるし、それに音が小さい方が夜勤明けの母さんや、仕事の掛け持ちで疲れている父さんを起こさずにすむ。

欠伸をしながら二段ベッドの上から降り、台所に向かうと中学生の妹が楽しそうに朝ご飯を作っていた。

今日の朝飯は豆腐の味噌汁とお総菜の酢豚と食パンのトースト。

どうやら、タイムセールで買った食料品の期限がヤバいものが食卓に並んでいるようだ。

「あ、お兄ちゃん、おはよ！　もう推薦で大学受かったのに早いね。学校自由登校なんでしょ」

「はよー。受かっても、友達の苦手な所教えるって言ってたから、学校は行くんだよ」

「えー！」

不満げな声を上げた妹に手振りで声を落とせと伝える。

2LDKのボロアパートの壁は防音性など皆無《かいむ》な薄さだ。

「あ、ごめん。でも、お兄ちゃん、高校入ってからずーっと真面目に勉強し続けて、推薦入試で国立大学に受かったんだからさ、ちょっとくらい遊んでもいいと思うよ。ちょっと前までも推薦落ちた時の為にって全然休まず勉強してたじゃん」

「友達に教えるって言ってもダラダラ駄弁りながらつるんでるだけだぞ。それに、遊ぶったってしばらくバイトしてないから金が無いし」

「そんなこと言って、真面目に教えて遅くなるくせに。もう、本当にお人好しで真面目なんだから」

そう言いながらむくれているのは、大方、夕方一人でいるのが寂しいのだろう。両親はいつも遅い。

「はいはい、夕飯の時間には間に合うように帰ってやるから」

そう言いながら、頭をぽんぽんと叩いてやる。

「もう、子供扱いして。一人で大丈夫だよ。今日は赤羽君ルートもう一回やるんだから！　ハッピーエンドで女嫌いだった赤羽君が、皆の前で手を繋いでお前だけは特別って言ってくれるの超格好いいんだよ！」

輝く笑顔で胸をはる妹に苦笑いする。

ウチは貧乏でお小遣いとかもあまりない。妹は流行の少女漫画や小説を買いたそうにしながらも、いつも財布の中身を見て諦めていた。

だから、高校生でバイトを始めて、欲しかったゲーム機を買った時。妹が家事をやってくれるようになったから始められたバイトだからと、妹用にと乙女ゲームのソフトを買ってやったのだ。

大喜びしてくれたのは良かったが、何回も何回も繰り返してハマりまくって、俺にキャラの格好良さを語ってくるのには困った。まあ、右から左に聞き流しているから内容ほとんど覚えてないけど、キャラの名前はやたらと耳に残ってしまっている。

特に、妹お気に入りの赤羽貴成なんて、漢字までバッチリだ。学校で同じ名前の人がいたら反応してしまいそうである。

適当に聞き流していたら、妹は俺の微妙な表情に気付いたのか、こんなことを言ってきた。

「あ、でもね、お兄ちゃんだって格好いいよ！　優しいし、真面目でしっかりしてるし。赤羽君の横に並んでも、大丈夫だよ」

「何言ってんだ、お前」

思わず呆れた声が出る。

残念ながら俺は平々凡々な男子学生で女の子にモテたことなんて一度も無い。

小さい頃から妹の面倒を見ていたりしたからか、面倒見が良いと言われたことはあるがそれくらいである。

本気で言っているなら身内の欲目ここに極まりだ。

呆れきった視線に妹がまたむくれた顔をした。

「あー、またそう言う顔する。言っとくけどね、私のブラコンは手遅れだからね。小さい頃から私に優しくしてくれて、お母さん達を気遣って色々してたお兄ちゃん見てたんだから」

「あー、うん、どうも。それより朝ご飯食おうぜ。時間なくなる」

妹にそういうこと言われると少し居心地が悪い。

分かりやすい話題替えに妹は不満げな顔だが、学校があるので味噌汁を器に盛って席に着く。

俺も箸やお茶の準備をして席に着き、兄弟揃っていただきますと言ってから朝ご飯を食べ始めた。

なかなかにバラバラなジャンルの食事だがこう言うのは慣れている。

おそらく弁当も似たような感じで構成されているだろう。

食べながら、妹はポツリと呟いた。

「あのね、お兄ちゃん。良いんだからね、もっと自分のやりたいことやって」

「ん？」

「小さい時、お父さんの事業の失敗でウチが貧乏になってから、ずーっと周りに気を遣ってばっかりだったもん。家の事手伝って、私の面倒見て。ウチが貧乏で私達に迷惑かけてごめんってお父さんが言うから、勉強頑張って、奨学金付きで良い大学に入れるようにしたんでしょ。でも、もう私だって大きくなってお兄ちゃんに頼ってばっかりじゃなくなったんだから。もっと、自分のやりたいことやって、彼女作ったりして良いんだからね。お兄ちゃんは私の自慢のお兄ちゃんなんだから」

その言葉に目を瞬かせて、そして苦笑した。

確かに今までずっと周りに気を遣って、必死だった。時々、辛いなって思うこともあった。

それを妹にも気付かれていたのだろう。

だけど、まあ、お人好しって言われるけど、周りの人達が良い感じの方が俺だって嬉しいんだから、そこまで言ってもらうようなことじゃないのである。

だから、わざとおどけた感じで笑ってやる。


「うん、それは有り難いんだけど、彼女がいないのは作んないんじゃなくて俺がモテないだけだっつーの」

「もー、そんなこと言って。さっきも言ったけど、お兄ちゃんは格好いいもん。絶対、乙女ゲームの攻略対象者にだって負けてないし、なんなら一緒に居たってお兄ちゃんの方が良いって女の子いるはずだよ！」

「へいへい、それはどーも」

「もー、本当なんだから！」

そんなことを言いながら朝ご飯を食べ終える。

俺と妹だと、俺の方が髪を整えたりするのが早い分支度が早い。

燃えるゴミの日だったから、ゴミ袋にゴミを纏めて、鞄を持つ。

洗面台で寝癖と格闘していた妹に声をかけた。

「先出るぞー」

「はーい、いってらっしゃい。今日、雨で道路が滑りやすいらしいから気を付けてね」

「おー、了解。お前も気を付けろよ。じゃ、いってきます」

玄関のドアを開けた、その瞬間。


ジリリリリ！　ジリリリリ！


大音量の目覚まし時計の音がした。

いつものように枕元置いてあるそれをパンッと叩いて目を開ける。

周りを見渡すと青っぽい色のカーペット。小学校入学の時に買って貰った学習机。学校の教科書や趣味のバイク関連の本やフィギュアが置かれた本棚。片付けていないゲーム機。

一瞬だけどこにいるのか分からないような気分になったが、間違いなく俺、篠山正彦の部屋だ。

頭をかいて、ため息をつく。

久しぶりに前世の夢を見た。

あれは、俺が登校中に車に轢《ひ》かれて、死んでしまった日の朝だった。

狭くてボロいアパート。いつも忙しかった両親。甘えたで寂しがり屋でそれでも俺に懐いてくれて可愛かった妹。

それらはいつもの光景だったはずなのに、夢で見るだけの遠い遠い日々になってしまった。

あんな事を言ってウチを出たのに、事故にあってしまったとか妹に泣いて怒られただろうなと簡単に想像出来る。

甘えたな妹が俺が死んでどれだけ悲しんだかを思い、暗い気分になりそうになった頭を振って、立ち上がる。

今日は高校の入学式だ。遅刻する訳にはいかない。

そんな事を思った瞬間、また大きなため息が出た。

俺が買ってやった、妹が大好きだった乙女ゲーム。

いつも話半分に聞いていていて、内容もキャラもほとんど分からないその物語の世界に今、俺は生きているのである。

おまけに、妹が大好きな赤羽貴成と幼なじみで親友とか、妹が本気でうらやましがりそうな立場だ。

貴成と同じ高校にしたことは頼まれたからだけど、俺が決めたことだし別に良い。

だけど、これから起きるであろう、キラキラなストーリーに巻き込まれるのは正直、うわぁという気分でいっぱいだ。

また、ため息をついた時、さっきの夢を思い出した。

妹との人生最後の会話、俺のやりたいことをやっていいんだと言っていた。

だからか、思い出してからは自分のやりたいことに全力で取り組んだ。

勉強は前世の積み重ねのおかげで貴成にも置いて行かれずにすむレベルだし、運動も放課後好きなだけ遊び回ってたからか割と良い。

憧れてた空手だってやらせてもらった。中学卒業ぐらいに通ってた道場の師範の都合で道場閉めることになって止めたけど。

前世だったら、色々と気にしてしまって見て見ぬ振りだったトラブルとかにも首を突っ込んで、解決させようと奮闘したりして色々やった。これは多分、妹にお人好しとむくれられてしまうが。

前世では時々辛いなと感じてしまっていた努力は確かに今生でも生きていて、俺のやりたいことに役立っている。

だから、まあ、高校入学後も、貴成関連の乙女ゲームのことはあろうが、好きにやればいいのである。

そんなことを思って、気分を浮上させ、立ち上がった。

頭をシャッキリさせようと洗面所に行って、顔を洗おうとした時に、さっきの夢で妹が言っていたブラコンも良いとこな妄言が思い出された。

前世もそれほどパッとしなかったが、鏡に映っている今生の顔も地味なこれといって特徴のない平凡な顔である。

特に貴成と並ぶと俺の存在がかすむレベルで、いわゆるモブとしての役割はバッチリな気がする。

妹の言っていたように貴成と並んでも俺の方が良いという天使のような女子は現われていない。

本当に、身内の欲目がヤバかったことが今までで証明されてしまった。


「……まあ、高校は、乙女ゲームなあれこれに巻き込まれなければ、どうにかなんないかね」


希望的観測を口にして、またため息をつき、顔を洗った。

そして、その日、攻略対象者四人とヒロインと同じクラスという驚異的な引きを発揮した俺の学園生活は始まったのである。

あとがき

以前から読んでくださっていた方は、長らくお付き合いしてくれてありがとうございます。

初めましての方も、手にとってくれてありがとうございます。

このお話は私が高校生の時に書き始めたものなので、六年前から続いている連載です。

書き始めた切っ掛けが夏休み明けの課題テストの勉強からの現実逃避だったものがここまで続いて、こんなお話を頂けるとは、……正直、ちょっと現実感が無くてびっくりしています。

これも、私の遅すぎる執筆ペースにも拘わらず、付き合ってくださった読者の皆様のおかげです。本当にありがとうございました。

そして初めましての方も、お人好し主人公による攻略対象者達&ヒロイン攻略記になってしまった一巻のお話を楽しんでいただけたら嬉しいです。

出版に当たっての作業のために読み直しながら、ジャンル恋愛なのに恋愛シーンが少ないな……と頭を抱えました。

そんな作品なのに、あんなにも素敵なキャラデザを考えてくれて、素敵な青春感が溢れる口絵イラストに始まる美麗イラストを描き上げてくださった亜尾あぐ様も本当にありがとうございます。

ラフが届く度にパソコンの前でにやにやしていました。

これが出版されたら、本屋でも新刊台の前でにやにやしながら写真を撮る不審者が目撃されることでしょう。

もし、二巻も手にとってくださったら、作者は嬉しくて部屋ではしゃいだ犬のように回りながら喜びます。

最後に、このお話をくださった担当さん、その他この本に関わってくださった方、読んでくださった方、全ての方にもう一度心からお礼を申し上げます。

まあ、がんばれ
まだ、チャンスはあると思う
篠やんはマジだからな……
振り向かせられるの——!!
されて、
せん2
otome game ga hajimarimasen.
予定!

アゼリア帝国に
再び訪れたカミルから
なんとダンスのお誘いが――
一緒に踊らないか？
19日発売！
コミカライズ
企画進行中！

何だって
え？
初めての出来事にディアドラの心は揺れて？！
いつの間に
全力令嬢が隣国の元王子と急接近!?
大波乱の恋愛ファンタジー4巻！
転生令嬢は精霊に愛されて最強です……だけど普通に恋したい！ 4
The Reincarnated Count's daughter is the strongest as she is loved by spirits, though she is only wishing for regular romance!
2020年12月

一家使用人離散、
投獄死罪デッドエンド回避に
奮闘するも……
気付かない間に
地獄絵図！

2021年

第3巻発売決定!

加速するミスティアの勘違い!?

アリス
レイド
ルキット

悪役令嬢ですが攻略対象の様子が異常すぎる

超鈍感モブにヒロインが攻略されて、乙女ゲームが始まりません

2021年1月1日　第1刷発行

著　者　かずは

発行者　本田武市

発行所　TOブックス
〒150-0002
東京都渋谷区渋谷三丁目1番1号　PMO渋谷Ⅱ　11階
TEL 0120-933-772（営業フリーダイヤル）
FAX 050-3156-0508

印刷・製本　中央精版印刷株式会社

ISBN978-4-86699-094-1

Printed in Japan